魔法使いへの道
THE ROAD TO WIZARD
上
腕利き師匠と半人前の俺

「オレがダニエル・ブラッグだ」
「だって……、あな、あなたは、女性じゃないですか！」

「見た目でしかモノを判断できないのか？
魔法使いならもっと見る目を養うんだな、
魔法学校のお坊ちゃん」

「ここに来られて、よかったです。
連れて来てくださって、ありがとうございました」
「連れて来たのはお前だろ、優等生」

魔法使いへの道 上

THE ROAD TO WIZARD

腕利き師匠と半人前の俺

AUTHOR
光乃えみり

ILLUST
ずじ

目次

CONTENTS

THE ROAD TO WIZARD

序章

THE ROAD TO WIZARD

魔法使いとは、真理を知る者。
これは、ひとりの少年が真理の道を目指すための物語――

第一章

この人が俺の師匠？
「魔法使いならもっと見る目を養うんだな」

THE ROAD TO WIZARD

その日、アレクシスは悩んでいた。

いや、アレクシスは年がら年中悩んでばかりいるので、なにもそれは今日に限ったことではないのだが……その日の悩みは深刻かつ重要だった。

『七年次修了生へ。徒弟《とてい》実習の単位不足者は夏季休暇中《かきゆうかちゅう》に修得すること。単位未取得の生徒の進級は認められません』

石造りの回廊には夏の訪れを告げるまぶしい光が差しこみ、生徒たちが笑いさざめく声が響いている。その朗《ほが》らかな光景のなか、掲示板に貼り出された通告を前にアレクシスはひとり暗澹《あんたん》とした表情だった。漆黒《しっこく》の髪に青白い肌、神経質そうなつり目の三白眼《さんぱくがん》とあいまって冷たく気難しそうな人物に見えるが、別に好きで悪人顔をしているわけではない。むしろ、清廉潔白《せいれんけっぱく》な性格だと自負《じふ》している。

全寮制の魔法学校に入学してからの七年間、成績は常に首席、生活態度も真面目《まじめ》で模範的《もはんてき》、おまけに毎年皆勤賞《かいきんしょう》と、文句のつけようのない学生生活を送ってきたというのに、ここにきて壁に行き当たってしまった。

　徒弟実習とは、魔法使いの弟子見習いとして働く、いわば職業体験のようなものだ。就職活動前に仮の師匠のもとで仕事を手伝い、実地訓練をさせてもらう実習である。本来であれば、深刻に悩まなければならないような課題ではない。

「一体どうすれば……」

　どうにかして、この実習を回避する方法はないだろうか。そう思って色々な手立てを考えてはみたのだが、残念ながら抜け道は見つからないまま、春学期終業日を迎えてしまった。明日から夏休みだというのに、このままでは留年である。

　アレクシスは掲示板の前で頭を抱えた。その後ろでは、これから始まる休暇を楽しみにはしゃぐ女子生徒数人が歩いている。が、彼女たちはアレクシスに気がつくとぴたりとおしゃべりをやめ、みな一様にススス……と、わざわざ距離をとって通りすぎていった。

　これはアレクシスが女子に嫌われているからというわけではなく、ちゃんとした理由がある。別に顔が怖くて近寄《ちかよ》り難《がた》いから、というわけではない。……多分。

「ウォルシュ君？　どうかしたの？」

　背後から、鈴を転がすような声がした。みんなが避《さ》けて通るアレクシスに声をかける人物なんてめずらしい。ふり向くと、白い修道服をまとった小さな女性が立っていた。

「マレット先生」

アレクシスはほっとした。

諸事情により、彼はこの学校で気楽に話せる人がほとんどいないのだが、彼女、サラ・マレットは別だった。背丈はアレクシスの胸にも届かないくらい低く、少しぽっちゃりとした丸顔に浮かべた笑顔は親しみを感じさせる。確か今年で五十三歳と聞いているが、そのたたずまいはまるで少女のように清楚《せいそ》でかわいらしい。

マレットはしずしずと歩みよると、アレクシスと並んで掲示板を見上げた。

「あら、徒弟実習の課題ね。ウォルシュ君、まだ履修《りしゅう》していないの？」

「ええ、そうなんです」

「あなたは研究室にも所属していなかったわよね。大抵の生徒は、学内の教師のお手伝いをして単位を取ってしまうのよ。学校外の徒弟先は紹介してもらえなかった？」

「いえ、紹介はしていただいたのですが、その、占い師とか、治療士《ちりょうし》とか、どこも……」

あいまいに語尾をにごすと、「ああ」とマレットは言わずとも察してくれたようだった。

「そうね。最近は、魔法使いのほとんどが女性だものね」

「そうなんです……」

アレクシスは女性が苦手だ。

いや、苦手どころか、まぎれもない恐怖を感じる。お年寄りや子供は平気なのだが、第二次

性徴を迎えた――ようするに、女性らしい体つきをした女性が特にダメだった。

学校の教師も生徒もほぼ女性なので、さすがに日常会話くらいはできるが、常に緊張が絶《た》えない。自分の周囲五十センチ以内に近づかれると、恐ろしさでガタガタと震え出してしまう。以前は女子生徒と接触しそうになるたびに失神して、周囲をよく驚かせたものだ。

授業中にもしょっちゅう担架《たんか》で医務室まで運ばれ、他のクラスの生徒からも「気絶君」「担架の人」と不名誉《ふめいよ》なあだ名で呼ばれるようになったり、治療士を目指す同級生からは「あなたのおかげで気つけ治癒《ちゆ》の魔法がぐんぐん上達する」と感謝だか皮肉だかわからないことを言われたりと、恥ずかしいエピソードにこと欠かない。

今では教師生徒ともに心得ていて、アレクシスの姿を見ると静かに距離をとってくれる。ありがたいことではあるのだが……それはそれで情けない。

アレクシスがっくりと肩を落とすと、マレットはなぐさめるように優しく微笑《ほほえ》んだ。その聖母のような笑顔を見て思う。

（ああ、この人に師事できればよかったのに……）

サラ・マレットは数少ない、アレクシスが怖くない女性のひとりだ。

彼女はこの学校で白魔法の歴史を教えているが、本来は聖アルブム教会に仕える修道女なのだ。生涯独身を貫き、異性とは握手をすることさえ戒律《かいりつ》で禁じられている。そのせいか、マレットのそばにいてもアレクシスは動悸《どうき》・息切れ・気絶に悩まされることはなかった。

そんな女性は稀《まれ》なので、できることならマレットのもとで徒弟実習をしたかった。けれど、それは叶《かな》わない。神の巫女《みこ》である彼女は、たとえ一時的であっても男であるアレクシスを弟子にはできないのだ。

「そうね、今この学校に勤めている教師もみんな女性だし……そうだわ、卒業生のなかから、あなたに紹介できる男性魔法使いを探してみましょうか」

「そんな方、いるのですか？」

せっかくのマレットの言葉も、にわかに喜ぶことはできなかった。

自分で言うのもなんだが、アレクシスは魔法学問の府《ふ》であるこのグラングラス魔法学校のなかでも歴代トップクラスの秀才だ。よほどの専門分野でもなければ、アレクシスになにかを教えられるような人物は見つからないだろう。男子生徒は数が少ないばかりか、卒業後に必ずしも魔法使いになるというわけではないのだ。

「そうねぇ……私の知っている卒業生で、とっておきの人がいるわ。入学したのは十四歳と遅かったのだけれど、わずか一年で卒業してしまったのよ。名前はダニエル・ブラッグ。確か今は三十九……今年で四十歳ね。もちろん現役の魔法使いよ」

学修期間八年の魔法学校を、一年で卒業？　飛び級どころではない。

「どんな方なのですか？」

アレクシスが聞くと、マレットはくすっと笑った。

「あなたとは、正反対ね。反抗的で、皮肉屋さんで、斜《しゃ》にかまえて物事を見ていたわ。けれどそれはきっと、世間の厳しさを生き抜いてきたからで……自分より弱い立場の者には優しいまなざしを向けていたわ。彼が立派な魔法使いになれたのは、そのおかげね」

アレクシスの頭に疑問が湧いた。グラングラス魔法学校に入る生徒のほとんどは裕福な家の子供だ。世間の厳しさを生き抜いてきたとは、どういう人生を送ってきたのだろう。

「ダニーの入学試験のことは今でもよく覚えているわ。ウォルシュ君もやったでしょう？　魔法で水を消す課題」

「ああ、はい」

なつかしい。

試験会場には、水の入ったグラスが用意されていた。受験生は試験官の前で魔法を行使し、制限時間内にグラスをからにするという試験内容だった。さほど難しい課題ではないが、魔法の精度や発現速度、操作の正確性などが細かく採点され、毎年二百人前後しか合格することができない。

受験者の多くは、水を気化する方法をとる。水魔法で水を気体に変化させるか、火魔法で水の温度を上げて蒸気にするのだ。

アレクシスはどちらも使わなかった。風魔法の応用で、水を生き物のように動かし空中に持ち上げた。そのまま水を蝶《ちょう》の形に変えてひらひらと宙を舞わせ、最後は跡形《あとかた》もなく空気中に霧《む》散《さん》してみせた。なかなか難度の高い芸当なので、試験官たちはみな目を丸くして褒めてくれたものだ。

「ダニーはね、『水を消してみなさい』と言われて、その場でグラスを手にとると、水を飲み干してしまったのよ」

アレクシスは唖然《あぜん》とした。難関の魔法学校の試験で、そんなことを？

「試験官に注意されたら、『水を消せと言っただろ。これが一番手っとり早い』と平然と返してね」

とんち勝負か。

「よく失格になりませんでしたね……」

「ええ、試験官はとても怒っていたわよ。でも、せっかく最終試験まできたのだからと、もう一回チャンスが与えられたの。そうしたら、彼はどうやって水を消したと思う？」

「どうしたのですか？」

「水がね、消えてしまったの。なんの前触れもなく、一瞬で」

「……すばやく蒸発させた、ということですか？」

「いいえ。水は消える直前、まったく温度を上げる様子はなかったの。もちろん、風で散らせたのでもない。気体になったのではなく、本当になくなってしまったのよ」

どういうことだろう。入学から七年経《た》ったアレクシスにも、そんな魔法は使えない。

「目に見えないほどの速さで水をグラスの外に出したのですか？　転移魔法を使ったとか？」

マレットは静かに首をふった。

「そういう魔法を使ったのではないの。そもそも、グラスごとではなく、水だけを移動させる転移なんて難しすぎるわ。そんな複雑な魔法には呪文の詠唱《えいしょう》が必須《ひっす》でしょう？　ダニーはなにも唱《とな》えていなかった。それどころか、指先ひとつ動かさず、まばたきひとつせずに水を消してしまったの」

アレクシスはそのさまを想像してみた。すごいと感嘆《かんたん》するより、不気味に思ってしまうような状況ではないだろうか。

「マレット先生は、どうやったのかおわかりになられたのですか？」

「いいえ、その場にいる教師の誰もわからなかったわ。手品だイカサマだなんて騒ぎになってしまってね。ついにアドラム校長――当時は教頭だったわね――がいらして、もう一度ダニーに水を消してもらったの。そうしたら彼女はにっこり笑って、グラングラス魔法学校へようこそ、とおっしゃって、彼を合格にしたわ」

つまり、ダニエル・ブラッグは「魔法」で水を消したのだ。

「でも……そんな優秀な人が、学校に入る必要があったのですか？」

魔法使いに国家資格制度が適用されたのは四十九年前だが、それまで国中にあふれ返っていた魔法使いをすべて取り締まるのには三十年以上もかかったという。

今でこそ、魔法の悪用を禁じるために、魔法学校の卒業、師弟契約、魔法使いの資格登録といった様々な制度があるが、昔はもぐりの魔法使いも少なくなく、違法だと知りつつ仕事を依頼する雇い主もめずらしくなかったと聞く。ダニエル・ブラッグが入学したのは二十五年前——無免許でも仕事には困らなかったはずだ。

「ダニーはね、とても優秀な魔法使いだったわ。でもね、彼の魔力量は人よりずっと少なかったの。十トリクルくらい」

アレクシスは目を剝《む》いた。

トリクルとは、魔法を発動するための燃料となる、魔力の単位のことである。一般に、一人前と称される魔法使いの魔力量は千トリクル以上。十トリクルなんて、とても魔法使いとしてやっていける量じゃない。というか、普通は入学許可が下りない。グラングラス魔法学校の受験資格は二百トリクル以上だ。

「じゃあ、魔法学校には魔力量を増やすために入ったのですか？」

魔力があるかないかは生まれつきの性質でほぼ決まり、成長期にその量も増幅するが、二十代も半《なか》ばをすぎると最大値は上がらなくなる。しかし適切な訓練を行えば、魔力量を増やすことはある程度可能だ。学校では生徒の魔力量を増やすように指導してくれる。

「いいえ。卒業してもダニーは十トリクルのままだったわ。おそらく今もほとんど変わらないんじゃないかしら」

わけがわからない。

アレクシスの表情を見て、マレットは、うふふ、と品良く笑った。

「あとは、本人に会って聞くといいわ。連絡をとってみるから、待っていてくれる？」

「ありがとうございます。よろしくお願いします」

アレクシスは心をこめてお礼を言った。マレットはにっこり笑ってそれを受けとると、来た時と同じようにしずしずと廊下を歩いていった。

その後ろ姿を見ながら、どこかふわふわした気持ちになる。マレットとは親子ほどの年齢差があるが——実際は、アレクシスの母親はまだ三十五歳なのだが——彼女には憧《あこが》れのような気持ちを抱《いだ》いていた。もっとも、実の母親はそれを知ったら盛大に嘆くだろうが……。

＊

マレットと別れたあと、アレクシスは学校の敷地内にある図書館に向かった。そこには過去の卒業アルバムも保管されているからだ。

二十五年前の卒業生、ダニエル・ブラッグ——目的の生徒は、すぐに見つかった。セピア色の写真には、暗色《あんしょく》のローブを着た少年が仏頂面《ぶっちょうづら》で写っている。

髪はおそらく黒か栗色《くりいろ》の巻き毛で、たれ目がちの右目の下にホクロがある。南部系の端整な顔立ちだ。成長したら、なかなかの男前になったのではないだろうか。

話を聞く限り、とにかく凄腕《すごうで》らしいが……謎な点も多い。

(どんな人なんだろう)

少々不安ではあるが、純粋に、魔法使いの先輩として興味もあった。

十歳で故郷を出て国一番の魔法学校に入学した時は、アレクシスもあふれるような期待で胸をふくらませていた。しかし、高揚感はすぐに落胆へ変わってしまった。同級生はおろか、最上級生にも自分より優れた魔法使いは見つからなかったのだ。

教師たちから教わることはあっても、数年後には彼女らを追い抜いてしまうだろうということもわかっていた。

それでも自分には「立派な魔法使いになる」という子供の頃からの夢があったから、この七年間、ぶれることなくやってこられたが……。

けれど本当は、一心に憧れるような、腕利きの魔法使いに会ってみたかったのだ。

(……どんな人なんだろう)

少しずつ高鳴る鼓動《こどう》を感じながら、アレクシスは卒業アルバムをそっと書棚に戻した。

＊

その日、ダニエルはいら立っていた。

ダニエルは年がら年中不機嫌そうでとっつきにくいと言われることがあるが……実際はそうでもない。むしろ、温柔敦厚《おんじゅうとんこう》な性格だと自負している。しかしその日はほとんど魔力を使い切って疲れていたし、今にも雨が降り出しそうな天気のせいで髪がふくらみ、あちこちはねて不快極まりない。おまけにどうやら厄介《やっかい》ごとを持ちこまれているらしい。

「徒弟実習？　なんでオレが、ガキのそんなものに付き合わなきゃならないんだよ？」

薄暗い台所に立ったダニエルは、水を張った鉄のフライパンに向かって言った。仕事から帰ったばかりの自宅、水魔法で魔法学校から通信がきているのがわかった時、とっさに水を入れる物がこれしかなかったのだ。

「そんなこと言わないで、聞いて？　ダニー。彼を弟子にできる魔法使いは、あなたぐらいなのよ」

水鏡《みずかがみ》の向こうから、サラ・マレットが昔と変わらない笑顔でおっとりと言った。

彼？

「男なのか？　まだ、男で魔法学校に行く奴《やつ》なんているのか」

人々が魔法の力に頼っていた一時代が終わり、ここ半世紀で社会における魔法使いの需要《じゅよう》は低下の一途をたどっている。

一流の魔法使いになるには大変な時間と労力を要するが、そのわりに将来性がなく、実入りは少ないというのが現状だ。経済が発達し産業が盛んな昨今、男性の多くはもっと発展的で実利のある仕事を好む。一方で、自立を望む女性のあいだで魔法使いは人気の職業だ。結果、魔法使いの男女比率はだいぶかたよった数字になっている。人材発掘に熱心なダニエルの仕事仲間も嘆いていた。若手を育てたくとも、男性の魔法使い志望者がいないのだと。

「そうよ、一学年にひとりかふたり、くらいはね。代々魔法使いの家系の子が、伝統を絶やさないために入学してくるわ。でもほとんどの子が、魔法使いにはならずに一般の仕事に就《つ》くの。けれど、アレクシス・ウォルシュ君は違うわ。彼は、立派な魔法使いになることを夢見てる」

「立派な魔法使いねえ……」

ダニエルは口もとを歪《ゆが》めた。立派な魔法使いなんて、この世界のどこにいるのだろうか。

「それならますますオレには向いていないな。オレが魔法使いとしては破綻者《はたんしゃ》だって、知ってるだろ?」

ダニエルはフライパンを持ち上げ、壁かけのフックに吊《つ》るした。水魔法が効いているうちは、たとえ逆さにしても水は落ちてこない。

「あなたはすばらしい魔法使いよ、ダニー。今も昔も、自慢の教え子で、敬愛する同志よ」

ふんわりと花のような微笑みを見せるマレットを見て、ダニエルはどう返したものかと悩んだ。どうも昔から、この白魔女を相手にすると調子が狂うというか、敵《かな》う気がしない。

「それにね、あなたもウォルシュ君に興味があるのではないかしら。彼は学校では父方の姓を名乗っているけれど、本名はアレクシス・スワールベリー。あのスワールベリー一族の出なのよ」

「スワールベリー？」

魔法使いでなくても、このエリシウム共和国の人間でその名を知らぬ者はいない。

今から五十年前、十年も続いたエリシウム独立戦争——俗に魔法戦争と呼ばれている——を終結させた、アレクサンダー・スワールベリーという英雄を輩出した魔法使いの名家だ。

そもそもスワールベリーというのは北東部にある土地の名前で、そのあたり一帯がスワールベリー家の所有地という、大地主の大富豪である。その領地の広さは、エリシウムの上級行政区画である十五の郡と同等の面積というはなはだしさだ。

「アレクシス君は、アレクサンダーの直系の曽孫《ひまご》なの。彼が入学した時、わずか十歳で魔力は一万五千トリクルあったわ」

「へえ。それはそれは……」

魔力が一万トリクルを超える魔法使いは達人《マスター》と呼ばれる。新入生の時点で、すでに教師並みの魔力量だったわけだ。

「サラブレッドのお坊ちゃんってわけだ」

鼻を鳴らすダニエルに、マレットは静かに言った。

「そうね。でもそれ以上に、彼は努力家だわ。誰よりも熱心に勉強しているし、豊富な魔力量に頼らず、魔法を扱《あつか》う技術を磨いている。飛び級だってできたのに、自分は人としてまだまだ学びが足りないからと言って、七年間みっちり修練を積んできたの。あと一年して卒業したら、故郷《くに》に戻らずに就職したいのですって。一族の力を借りずに自分の力で働きたいって」

「どうしてだ？　スワールベリーに帰れば、魔法使いとしての一生は保証されているだろ」

「それはどうかしら。彼は実家に帰ったら半強制的に結婚させられると悩んでいるみたいだったわ」

「……なるほど」

魔法使いの素質を持った者——生まれつき魔力を有する者——は、減少傾向にある。魔法使いは遺伝によってその才能が受け継がれることがほとんどなので、優秀な魔法使いを残したければ、魔力の多い魔法使いと子を成すのが最良とされている。現在では男の魔法使いは貴重だし、アレクサンダー・スワールベリーの曽孫ともなればその血統は特別だ。親戚中の女から伴《はん》侶《りょ》にと望まれるに違いない。

「徒弟実習の内容は就職活動の時にも影響するのよ。学外で優秀な仕事ができたら、彼の就職先もいいところが見つかるかもしれないわ。ね、お願いよ。夏休みのあいだ、数日だけウォルシュ君を預かってくれるだけでいいの」

おだやかに、だが熱意をこめてマレットは言う。かなりこちらの分が悪いと思いながらも、ダニエルは言いわけを探して考えをめぐらせた。

「あー、そもそもオレは、正式な魔法使いとして登録されてないんだよ。学校の単位にはならないだろ」

「それは大丈夫。アドラム校長に相談したら、エリシウム魔法協会の認可を取りつけるとお約束してくださったわ」

ダメだ。これ以上断る理由が思いつかない。

「わかったよ。だが、そいつがあまりにも軟弱《なんじゃく》で使い物にならないようだったら、問答無用で追い返すからな」

マレットは顔をほころばせた。

「ありがとう、ダニエル・ブラッグ。優しく偉大な魔法使い。あなたに神のご加護がありますように」

水魔法が解け、フライパンに張った水からマレットの姿が消えた。と同時に、水が重力に従って崩れ落ちる。ところがダニエルが一瞥《いちべつ》しただけで、水はこつぜんと消えた。ダニエル得意の――そして唯一の――魔法だ。たとえ魔力が底をつきそうなほど疲れていても、これくらいは造作《ぞうさ》もない。

「アレクサンダー・スワールベリーの曾孫ねえ……」

スワールベリーは女系の一族で、どういうわけか男がほとんど生まれない。そんななか、アレクサンダー・スワールベリーは変わり種だった。有能な魔女の家系のなかで、さらに桁違《けたちが》いの魔力を持って生まれた男性魔法使い。その曾孫で男となれば、周囲からアレクサンダーの再来だと期待されていることは想像に難くない。

どんな奴だろうか。本当にアレクサンダーのような大魔法使いの卵なのか、それとも?

「まあ、そんな才能を持っていたとしても、今の時代じゃろくな使い道もないだろうけどな……」

ため息とともに吐き出された言葉は、皮肉というより、どこか哀《かな》しげな色をまとって響いた。

＊

美しいアーチを描いたガラス張りの天井の下、黒光りする車体を誇るようにシューッと蒸気を吐き出す機関車を前に、アレクシスは胸躍る思いだった。

郊外学習の際は学校所有の転移魔法陣でひとっ飛びだし、休みの日も移動手段といえば乗合馬車《オムニバス》だ。こうして鉄道を使うなんて久しぶりのことである。

ここはエリシウム共和国の首都ソルフォンスにある中央駅《セントラルステーション》。これからこの汽車に乗って、ダニエル・ブラッグのいる南地方のオベリア郡まで向かうのだ。

徒弟実習は一週間の泊《と》まりこみだ。アレクシスは魔法使いであるダニエルの弟子見習いとして、その仕事を手伝うことになっている。

ダニエルは今時めずらしい、組織に属していないフリーランスの魔法使いだというので、毎日決まった業務があるわけではないらしい。

一般的な魔法使いが、占い師や治療士、護衛士などといった特定の業種で活動しているのに対し、フリーランスの魔法使いとは、依頼された仕事を臨機応変にこなすいわゆる「なんでも屋」である。経験豊富なベテラン魔法使いが独立してなる場合が多く、万能選手《オールラウンダー》としての技量がものを言う。仕事ぶりが収入に顕著《けんちょ》に現れる厳しい職種であり、名指しで依頼がくるような熟練者でなければ食べてはいけない。ゆえに、その実力は折り紙つきだ。

そんな人を紹介してもらえるなんて、なかなかあることではない。マレットに感謝だ。

アレクシスは徒弟先で、掃除や事務や受付といった雑用をするのではないかと想像していた。あまり実習生としての経験が積めるとは思えないが、優秀な魔法使いの仕事を間近で見られる時間は貴重なものとなるだろう。

夏季休暇が始まったばかりということもあり、駅は人でごった返していた。帰郷や旅行をする者、忙《せわ》しなく荷物を運ぶポーターや、大きな声で商売をする物売り。そんななかアレクシスは、肩にぶつかってきた女性にとり乱すことなく謝罪を言えた自分にほっとした。都会での暮らしも長くなったし、だいぶ免疫がついたのかもしれない。

これなら、故郷スワールベリーにも戻れるだろうか？　なにしろ、もう六年も帰っていない。あの短気な性格の母も辛抱強《しんぼうづよ》く待ってくれているが、内心では戻ってきて欲しいと思っているはずだ。

そう、ちょうど丸六年だ。六年前、魔法学校一年次が修了して、初めての夏休みで帰省した時、あの事件が起こって――

（う……思い出したら寒気《さむけ》がしてきた。やっぱり無理だ。実家には卒業してから顔を出すことにしよう）

もっとも、卒業までの一年間でこの恐怖症がどうにかなるとは思えないが。とりあえずその問題については先延ばしにしておき、今は無事に徒弟実習をやり遂《と》げることに集中しよう。

「デイリー・パールだよ！　一部たったの一フォリス！　旅のおともにどうだい！」

威勢のいい声に目を向けると、新聞売りの青年が人気の大衆紙《タブロイド》を景気よく売りさばいていた。

（新聞か。オベリア郡までかなりかかるし、ひまつぶしにちょうどいいかな）

「一部ください」

財布を出して言うと青年はにっこりしたが、アレクシスは彼の横を通りすぎ、後ろでひまそうに立っている白髪《はくはつ》の老人に言った。

「おいくらですか？」

「二フォリスだよ」

「どうも、ミスター」

老人からソルフォンス新聞を受けとると、アレクシスは切符の車両番号を確認しながら目を丸くしている青年のそばをすぎていった。倍額支払ってお堅い高級紙《クオリティー・ペーパー》を買う学生はそうそういない。

車掌に切符を確認してもらい、汽車に乗りこんだ。席は三等車両の自由席だ。入試の時は母と食堂車《レストラント》つきの豪華列車でシェフの料理を味わいながら優雅な旅をしたものだが、むしろこういう庶民的な道行きのほうがわくわくする。

「ここでいいか」

ひとつだけまだ先客のいないボックス席があった。荷物を足もとに置き、進行方向を向いた窓際に座って買ったばかりの新聞を広げる。

『メアリー・スワールベリー女史、授業料無料の魔法学校新設で遺児救済へ』

いきなり母親の顔写真が目に飛びこんできてひっくり返りそうになった。カールさせた長い髪をアップにしたメアリーは、舞台女優のように美人で堂々としている。

（びっくりしたぁ……）

夏だというのに冷や汗が出てきそうだ。今にも「アレク！　いつ帰ってくるのよ！」という文句が聞こえてきそうな写真から視線を引きはがし、次の記事を読む。

『元伯爵位魔法使いで隻脚《せっきゃく》の作家、ジェローム・モラン氏が七十八歳で永眠。長男のヘンリー氏は取材に対し、モラン家を継いで魔法使いの職に転向することは今後もないと述べている』

（ああ……またひとつ、魔法使いの家系が途絶《とだ》えてしまうのか）

ジェローム・モランは著名なノンフィクション作家だ。衛生兵として従軍した彼が魔法戦争について記《しる》した本はベストセラーとなり、学校の授業でもとり上げられている。

記事によれば、ひとり息子のヘンリーはグラングラス魔法学校の卒業生のようだ。けれど魔法使いの資格は取らず、弁護士になる道を選んだという。時代の流れなのだろうか。

かつて優秀な魔法使いの家系は特権階級を与えられていたが、戦後の改革により爵位と領地の返還を求められ、地位と権威を失った。スワールベリーのように現在も魔法使いの伝統を守り続けている家もあるが、時代錯誤《じだいさくご》だという見方もある。ジェローム・モランは息子の選択をどう思っていたのだろう。

「こんにちは、相席よろしいかしら？」

顔を上げると、七十歳くらいとおぼしき女性が立っていた。白髪をきれいにまとめ上げ、つばの小さな帽子をかぶった品の良い婦人だ。

アレクシスは安堵《あんど》した。よかった！　完全に安全圏《あんぜんけん》の女性だ。

「ええ、どうぞ。ああ、すみません、僕の荷物をどかしますね」

にっこり笑ってすばやく新聞をたたむと、婦人が通りやすいように床から鞄《かばん》を持ち上げ、頭上の荷物棚に置いた。

「あなたの鞄も棚に載せましょうか？」

「いいえ、大丈夫よ。ありがとう。汽車はあまり慣れていなくてね、気分が悪くなった時のためにお薬を用意しているの。すぐとり出せるように持っていたいから、荷物はそばに置いておくわ」

そう言って、膝《ひざ》に載せた大きな鞄を大事そうになでた。古いが、質のいい革製の品だ。老婦人の持ち物としては似合わない気もするが、きっと夫の――それも多分形見の――鞄なのだろう。

「そうですか。よろしければ、席を交換しましょう。進行方向を向いていれば酔いにくいと思いますよ」

「まあ、ご親切にありがとう。お若いのによく気がつくわね、魔法使いの学生さん」

アレクシスは魔法学校の制服を着ていた。ネイビーブルーのスリーピース・スーツ《三つ揃え》に黒のタイをしめ、生成色《きなりいろ》のフード付きローブを羽織っている。式典の礼装としても着られる上品なデザインは首都では有名で、すぐに国内一の魔法学校の生徒だとわかってもらえる。

せっかくの夏休みなのだから私服を着てもいいのだが、自分はこれから本職の魔法使いのもとで働くのだ。やる気を示すためにもきちんとした格好をしていたいし、なによりこの制服が気に入っていた。成績優秀な生徒に贈られる、真珠《しんじゅ》と純銀でできたチェーン付きのラペルピンをフラワーホールに挿《さ》しておくと、おしゃれでとてもかっこいいのだ。しかし大抵の生徒には「なんでよりによって手入れが面倒な真珠と銀！」とすこぶる不評なので、こうして喜んで使っているのはアレクシスぐらいなものである。

「これから帰省されるのかしら。お郷《くに》はどちら?」

「故郷は東北ですが、家に帰るわけではないのです。これから卒業生のもとで実習をさせていただく予定で、ノースオベリアのほうへ参ります」

「あら、同じね。私もノースオベリアへ行くのよ。息子が原因不明の病《やまい》にかかってしまってね、お医者様がこれは医学では治せないとおっしゃって、魔法使いを紹介されたの。ブラッグ先生という方よ」

「ダニエル・ブラッグさん？　僕が訪《たず》ねる方もその人ですよ！」

「まあ、すごい偶然《ぐうぜん》だわ。私、正確なお住まいの場所がわからなくて困っていたのよ」

「ご案内します。僕も初めて行くところですが、道案内の魔法を使っているので、迷いませんよ」

アレクシスはブレザーの内ポケットから地図をとり出し広げてみせた。現在地と目的地までの道のりが、きらきらと点滅する光で示されている。

「助かるわ。きっと神様のお導きね」

「ええ。息子さん、良くなるといいですね」

老婦人は感謝のまなざしでアレクシスを見つめると、となりの席に置いていたバスケットを手にとって言った。

「お礼といってはなんだけど、よかったらサンドウィッチを召し上がらない？　チェリーパイもあるわよ」

バスケットは二段になっていて、野菜やハムが目に鮮やかな豪華なサンドウィッチと、宝石のように真っ赤《まっか》な桜桃《チェリー》がぎっしり載ったおいしそうなパイが入っていた。

アレクシスは目を輝かせた。学生寮の食事は質素なメニューばかりで、甘いものなんて出ないのだ。

「ありがとうございます。ごちそうになります」

なんという幸運だろう！　普段はあまり信心を持ちあわせていないのだが、思わず神様に感謝してしまいそうだった。

いやいや、日頃の行いがいいからかもしれない。それとも、身なりに気を使っている成果だろうか?　なにしろ「魔法の勉強をしています」と言うと、十中八九「黒魔術かな……」と人を不安にさせるような容姿をしているので、なるべく好印象を持ってもらえるように見た目や立ち居ふるまいには人一倍気をつけている。散髪はこまめに行い清潔感のある髪型を保ち、どんなに暑い日でも着崩すことなくきっちりとした服装を心がけている。そして物腰はやわらかく、礼儀正しく、親切に。やった!　その努力は報《むく》われている!

内心で感極まりつつもそれを抑え、アレクシスは言った。

「荷物のなかに紅茶とティーセットがあるんです。魔法でお湯はすぐに用意できるので、お茶を淹《い》れますね」

鞄からとり出したティーポットに茶葉を入れると、水魔法と火魔法を同時に駆使してポットの中に熱湯を出現させる。婦人は「まあ、すごい!」と喜んでくれた。

実家では母の趣味で世界中の銘茶《めいちゃ》が収集されている。その影響で、アレクシスもお茶が好きだ。母が落ちこんでいる時にお茶を淹れるのはアレクシスの役目だったので、おいしく淹れるコツも心得ている。

「僕はアレクシス・ウォルシュと申します。あなたは?」

香り高い紅茶を注いだティーカップをソーサーに載せて手渡しながら、アレクシスは聞いた。老婦人は丸眼鏡《まるめがね》の奥の小さな目を細めてにっこりと微笑む。

「マーシー・ヘザーよ。よろしくね」

マーシーは慈悲を意味する名で、ヘザーは愛らしいピンク色の花を咲かせる植物だ。上品で優しそうなこのご婦人にぴったりな名前だと思った。

＊

ノースオベリアは観光名所もない田舎町《いなかまち》だ。車窓を流れる風景は、どこまでも広がる緑の丘にぽつぽつと民家が点在している、のどかな景色だった。

汽車に揺られて三時間、駅のホームに降り立ったアレクシスは、続くヘザー夫人に紳士らしく手を貸した。長旅で疲れているのではないかと思ったが、上質な革手袋ごしの婦人の力は意外にも強くしっかりとしていて、足どりも軽かった。

「ブラッグさんのお住まいはここから歩いて二十分ほどです。辻馬車《つじばしゃ》を使いましょうか」

「いいえ、ずっと座っていたのだし、せっかくだから歩いて行きましょうよ」

「わかりました。でも、途中でお疲れになったら遠慮なくおっしゃってくださいね。お荷物、お持ちしますよ」

「ふふ、優しいのねぇ。でも大丈夫よ。自分の物はちゃんと自分で持てるわ」

確かに、会ったばかりの相手に大事な荷物は預けにくいかもしれない。アレクシスは納得すると、婦人の歩幅に合わせてゆっくりと歩き出した。

「少し南のほうに来ただけで、やっぱり気温が高いですね。暑くありませんか?」

「大丈夫よ。あなたこそ、そんな上着を着ていて暑くはないの?」

「このローブ、温度調節機能があるんですよ。魔法である程度の暑さ寒さはしのげるんです」

「まあまあ、魔法使いさんの持ち物はすごいのねぇ」

ローブが支給された際、「最高品質の防護布使用、火竜の炎も防げます」とのうたい文句がついていた。まあ、ドラゴンなんて曽祖父《そうそふ》も見たことがないであろう大昔の幻獣なので、試す機会は一生ないと思われるが。

そんな話をしているうちに、ダニエル・ブラックの家へと到着した。

二階建ての一軒家で、築年数がかなり経っていそうな——言うなればボロ屋である。もとはきれいな外観だっただろうに、木造の壁に塗られた白い塗料はあちこちはげかけ、青い屋根も微妙に傾いていた。玄関扉はノブを引っ張ったらドアごと落っこちるのではないかという見た目をしている。

周囲に建物はなく、遠くに林と川が見えるだけで、緑の茂る平野には人っ子ひとり見当たらない。

「えーと、地図によると、ここで間違いないはずなのですが……」

なんだか心配になってきた。が、ともかく婦人に不安を与えないように微笑んでから、玄関横の壁を(扉を直接叩《たた》くのは恐ろしいので)ノックしてみる。

「ダニエル・ブラッグさん？　グラングラス魔法学校の紹介で来ました、ウォルシュと申します」

留守なのだろうか？　窓にはカーテンが引かれているし、人の気配が感じられない。でも、マレットがちゃんと連絡をしてくれているはずだし……まさか、居留守を使われている？

「ブラッグさん？　ダニエル先生？」

くり返し呼びかけながら、ドアノブをにぎってみた。すると、力を入れたつもりはないのに、スッと内側へ引きこまれるように扉が開いた。

「え……」

驚きながらも、そのまま導かれるように足が動いて、部屋のなかへ踏みこんでしまう。

室内は暗くて、外の明るさに慣れた目では様子がよくわからない。わずかに混乱したまま、トントン、と二、三歩進み……手がドアノブから離れたとたんに足が止まった。背後から差しこむ光が、床を四角く切りとったように照らし――その先端に、小さな革の靴が見えた。いや、靴というより、足。誰かが立っている。

アレクシスは視線を上げてその相手を見た。小柄だ。自分より年下の……女の子？

「ひ……っ」

思わず引きつった声を上げた。まずい。顔を見た時は十三、四歳くらいの少女かと思ったが、あきらかに胸が豊かだ。東方人の顔立ちをしているから幼く見えるが、きっと自分と同じくらいの年齢だ。

（おおおお、落ちつくんだ俺！　大丈夫、女の子は普通、男を襲わない。女の子は怖くない！）

必死に自分に言い聞かせるが、体が硬直し、冷や汗が出てくる。学校生活で周囲に異性がいることに慣れたはずなのに、不意打ちで女子とふたりきりの空間にいるという事実にパニックになりそうだった。

それに、この暗さもダメなのだ。いやな記憶が呼び起こされる……。

「学生さん？　どうかしたの？」

玄関ポーチに立ったままでいるヘザー夫人の声がする。そうだ、彼女がいたのだ。

返事をしようとした。けれど、口のなかが乾《かわ》いて言葉が出てこない。汗が頬《ほお》を伝った。

不意に、それまで黙って立っていた少女が動いた。一歩踏みこんだかと思うと、二歩目ではアレクシスの眼前まで迫っていた。目にも留まらぬ速さ。

「!?」

次の瞬間、アレクシスは少女に投げ飛ばされていた。体のどこをどうつかまれたのかもわからないまま、気がついた時には足が宙に浮いており、なすすべもなく壁際へ吹っ飛ばされる。

「……っ！」

防御の魔法を、と思うが、間に合わない。このままでは壁に叩きつけられる——！

痛みを覚悟した時、周囲を猛烈な熱風が襲った。

ドカン!! というすさまじい衝撃音とともに、家が破壊される。爆風で、アレクシスは家の壁もろともさらに吹き飛ばされた。

「……っ、シルフ――!」

天地がわからなくなりながらも、必死で風の精霊に呼びかける。自分の周りの大気の流れをゆるやかにさせ、なんとか足から地面に着地した。

顔や手がヒリヒリと痛かったが、服も髪も焼けた様子はなく、怪我《けが》はなかった。魔法学校のローブはちゃんとうたい文句どおりの仕事をしてくれたらしい。

顔を上げると、家があった場所からは大きな黒煙が立ち上っていた。わずかに柱と外壁が残っているだけで、もとの形状の見る影もない。二十メートルは飛ばされたようだ。

「……ヘザーさん!」

一体なにが起こったのだ? わからないが、生身の人間があの爆発を受けて無事なはずがない。アレクシスは真《ま》っ青《さお》になって駆け戻った。

(治癒魔法は得意なほうだ。致命傷を負っていなければ、あるいは……!)

そう思って走りながらも、事態は絶望的に思えた。普通に考えれば、即死はまぬかれないだろう。

煙《けむり》が風に流れ、だんだんと家の残骸《ざんがい》があらわになってくる。その瓦礫《がれき》のなかで、ひとりぽつんと立っているあの少女が見えた。距離が近づくにつれ、その姿の不自然さに気がつく。

あれだけの爆風を受けて、怪我をしていないどころか、白い肌には煤《すす》ひとつついていない。長い髪は櫛《くし》を通したかのように背中に流れ、衣服にはわずかな乱れもなかった。なにより、平静すぎるほどに落ちついた無表情が、この状況にあって異様だった。

（まさか、この少女がさっきの爆発を――？）

先ほどとは違う恐ろしさが背筋を這《は》う。少女まであと三メートルほどのところで足が止まり、彼女がこちらを向いた。

黒目がちな美しい瞳《ひとみ》がアレクシスを射ぬく。凛《りん》としたアルトの響きで言った。

「お前か、魔法学校からの実習生は」

「は……」

急に思わぬことを言われ、呆《ほう》けた顔をしてしまった。それを見て、少女はあきれたように顔をしかめた。

「オレがダニエル・ブラッグだ」

「は……？」

オレガ、ダニエルブラッグダ……？　どういう意味だろう？

「二度も言わなきゃわからないのかよ。アホ面《づら》してないで、さっさとこっちへ来い」

「え……えええええぇぇぇっっ!?」

ダニエル・ブラッグ？　二十五年前に魔法学校を卒業した？　数少ない男性魔法使いの？　この少女が？

「だってっ……、あな、あなたは、女性じゃないですか！」

話が違う!!　ダニエル・ブラッグが男でないのなら、なんのために自分はこんな田舎までわざわざ……っ！

動揺しまくるアレクシスを、ダニエル・ブラッグを名乗る少女はふんと小馬鹿にしたように鼻で笑った。

「見た目でしかモノを判断できないのか？　魔法使いならもっと見る目を養うんだな、魔法学校のお坊ちゃん」

「なっ……」

あんまりな態度に憮然《ぶぜん》としながらも、どうやら本当にこの少女がダニエル・ブラッグその人なのだと信じ始めていた。

しかし、どうしてこの姿に……？　幻術の一種なのか？　卒業アルバムの写真で見た、巻き毛でたれ目の少年とは似ても似つかない。そう思ったところでふと気がついた。いや、ひとつだけ共通点がある。少女の右目の下には泣きボクロがあった。

「お前がマヌケなおかげで、えらい客を連れて来てくれたな」

そのひと言で、ハッと我に返った。そうだ、マーシー・ヘザーは!?

「さっきの爆発は、あなたが起こしたのですか？　ブラッグさん！　ヘザー夫人は、あなたを頼って訪ねてきた優しいご婦人だったんですよ！　息子さんの病気を治したいと……それなのに……」

アレクシスが訴える途中で、ダニエルが視線を外した。その直後、どこから現れたのか巨大な炎の波がダニエルを襲った。まるで鎌首をもたげた蛇のように、彼（彼女？）を呑《の》みこもうとする。

「！」

声も上げられずにいるアレクシスの前で、ダニエルは眉ひとつ動かさなかった。そして炎は、少女の体に触れる前にかき消えた。

（防御魔法？　いや、違う――）

炎の攻撃は防がれたわけでも、相殺《そうさい》されたわけでもない。完全に消失してしまったのだ。

「うわさどおり、攻撃魔法は効かないらしいね、ダニエル・ブラッグ」

顔を向けると、瓦礫の陰から声を発した人物が姿を現した。

「ヘザー夫人……？」

アレクシスは呆然《ぼうぜん》とつぶやいた。そこに立っていたのは、小柄でほっそりとした品の良い老婦人、マーシー・ヘザーだった。

彼女はアレクシスのほうを見ると、笑《わら》い皺《じわ》を深くして目を細めた。

「道案内ご苦労、学生さん。おかげで長年居どころがつかめなかったダニエル・ブラッグを見つけられたよ。グラングラスからの魔力通信に網を張っておいたのは正解だった」

「な……」

先ほどまでとは別人のような口調の老婦人に絶句する。

ヘザーは小柄な少女をにらみつけると言った。

「やっと会えて嬉《うれ》しいよ、ダニエル・ブラッグ。お前にはずいぶんと同胞を殺されたからねぇ。楽に死ねると思うんじゃないよ」

一体どういうことなのだ？　殺すとか死ぬとか、なぜそんな物騒な話をしているのだ。

アレクシスは叫んだ。

「待ってください！　ヘザーさん！　あなたは何者なんですか？　どうしてこんな……」

ヘザーは、まるでうるさいハエを見るような目つきを寄こした。

「黙ってるんだね、平和ボケした学生さん。でもまあ、感謝しているよ。あんたが顔に似合わず親切でお人好《ひとよ》しなおかげで、ここまですんなり来られたんだしね。まったく、顔色ひとつ変えずに嘆願書をやぶり捨てる政府高官秘書みたいな顔をしてるくせにねぇ」

「なっ……」

(顔は関係ないだろ！　というか、なんなんだその具体的なたとえは……)

アレクシスはがっくりとうなだれた。

悪人顔だからこそ、日頃から清く正しく感じよく、を心がけているというのに……っ！

「気がついてなかったようだけどね、あんたにはここに来るまでのあいだずっと、魔法学校の守護魔法がかけられていたんだよ。だから一緒にいるあたしにも、ダニエル・ブラッグの撃退魔法が効かなかった。おかげでこうして、こいつを殺せるってわけだ！」

そう叫ぶと、マーシー・ヘザーは手にしていた革の鞄の口を大きく開けた。するとなかから、どす黒い煙のようなものが噴き出してくる。アレクシスは思わずそのまがまがしさに怖気《おぞけ》立《だ》ち後ずさった。あれはあきらかに黒魔法、禁術系の危険な類《たぐ》いのものだ。

黒い煙はあっという間に大きくなり、ヘザーの背後を覆うように広がった。高さは四メートルもあるだろうか、意思を持った生き物のようにうごめき、邪悪な魔力を放っている。

ヘザーは狂気じみた笑い声を上げた。

「さあ、覚悟をおし。お前が見たこともないような魔法で殺してやるよ！」

ヘザーが腕を上げると、黒い煙から何十という黒い槍《やり》が現れ発射された。

ダニエルは貫頭衣《かんとうい》の裾《すそ》をひるがえし、身軽に瓦礫の山を走って槍を回避する。黒い槍が地面に突き刺さると、その場がぐにゃりと融《と》けて腐ったような異臭を放った。

（――毒《ウイルス》！）

アレクシスは毒の臭気を吸いこまないように距離をとると、強力な防護の呪文を唱えた。あんな攻撃を食らったら、どうなってしまうかわかったものではない。

次々と襲いかかる槍の雨。ダニエルは壁の残骸を飛び越え、柱を盾にしながら走り回る。見ているこちらがはらはらするほど、反撃しない。いや、反撃する余裕などないのかもしれない。槍から生まれた毒のぬかるみは、地面を侵食してその範囲を広げる。それだけでなく、ダニエルのあとを追うように、泥の波となって地を這ってくるのだ。

どんなにすばやく逃げ回っていても、もうほとんど無事な地面が残っていない。

ついにダニエルの足が止まった。毒に囲まれて、もう次の足場がないのだ。そしてダニエルの立つ場所に、黒い槍と毒の泥が、空と地面から同時に襲いかかった。

「ブラッグさん！」

ダニエルは跳躍《ちょうやく》した。直後、足もとを毒の泥が覆いつくす――これでもう、着地できる場所はない。そして空中で体をひねったダニエルは、無数の槍を紙一重でかわす。しかしそこへ、新たな攻撃が襲いかかった。ヘザーの黒い煙から、竜の形をした巨大な黒炎が一直線に放たれ、一瞬でダニエルを呑みこんでしまう。

「!!」

アレクシスが息を呑むなか、漆黒の炎は竜の姿のまま燃え盛り、黒い火の粉をまき散らしながら虚空《こくう》に向かって咆哮《ほうこう》した。ゴォオオオ……と轟音《ごうおん》が響きわたり、ヘザーが高らかに笑う。

「アハッ！　アッハハハァッ!!　ざまぁみろだね！　闇の業火《ごうか》に焼かれて、永遠に苦しむがいいさ！　はハははははッ！」

その悪魔じみた姿にアレクシスは戦慄《せんりつ》した。彼女の姿は先ほどとはあきらかに違っていた。頬がげっそりと痩《や》せこけ、目は落ちくぼんで血走っている。顔は土気色だ。おそらく黒魔法を行使したことで、自身の命を削るほどの代償を払っているのだ。

（こんな……こんな恐ろしい術を使う魔法使いがいるなんて）

五十年前に魔法戦争が終結して以来、戦闘魔法の使用は厳しく制限され、現代では魔法犯罪や私闘の類いはめずらしいものとなった。このマーシー・ヘザーはおそらく戦争を経験した世代なのだろうが……どうして平和な今の時代にこんなことをするのだろうか。そもそもなぜ、禁術や殺傷力の高い攻撃魔法が使える？　禁止魔法を使えばすぐに魔法協会に知られ、資格剝奪《しかくはく》奪及《だつお》及《よ》び即刻逮捕だ。そして魔法協会に登録していなければ、もとよりほとんどの魔法は使うことができない。

いや、理由なんて考えても仕方がない。それよりも、この状況にどう対処しなければならないかだ。こんな危険な人物を放っておいていいはずがない。

アレクシスは静かに息を吐いて呼吸を整えた。

魔法は、世のため人のために使うものなのだ。たとえ魔法の時代が衰退《すいたい》しつつあり、世界が魔法使いを必要としなくなっているのだとしても。

だが、どうすればいい？　あれほどの身体能力を見せたダニエル・ブラッグでも敵わなかったのだ。自分になにができる？　いや、ダメだ。弱気になるな。ダニエルのためにも、ここでヘザーに背を向けて逃げるわけにはいかない。自分がこんな危険人物を連れて来てしまったのだ。そのせいで、ダニエルは犠牲に……。

ヘザーが勝利に酔っているあいだに、アレクシスは全身の魔力を研ぎ澄ませながら精霊たちに呼びかけた。

(ウィルオウィスプ、シルフ、グノーム……力を貸してくれ)

アレクシスは攻撃魔法が使えない。魔法学校の学生は、校外で攻撃力の高い魔法の使用ができないように制約されているのだ。しかしたとえそうでなかったとしても、アレクシスは攻撃魔法を使いたくなかった。目の前の殺戮者《さつりくしゃ》と同じにはなりたくない。だとしたら、とるべき方法はひとつ。不意を突いて、相手を捕獲する。

まずは強い光で目くらまし、突風で撹乱《かくらん》。ヘザーの足もとの土を崩して固め、身動きを封じたところで捕縛魔法の呪文詠唱——竜巻のなかに閉じこめる。

急場しのぎの作戦だったが、他に方法はない。どうにかヘザーの拘束を成功させ、あとは魔法学校に連絡して応援を呼ぼう。

アレクシスが心を決め、動こうとした時、突然ヘザーの高笑いが止まった。

「ぐっ……がッ……!」

見ると、ヘザーの皺だらけの首に、背後から白い指が食いこんでいる。

「な……っ　おまえ、どう、やって……っ!」

いつのまにか黒髪の少女がヘザーの後ろに立ち、左手で首を絞めていた。

「ぐぅッ!」

ヘザーがうなると、巨大な竜の黒炎がダニエルに襲いかかった。が、ダニエルが鋭い一瞥を向けただけで、黒い竜はまるで蝋燭《ろうそく》の炎のようにふっとかき消された。

「グアあぁッ!!」

ヘザーは必死の形相《ぎょうそう》で暴れ、ダニエルの戒めから逃れる。鞄の口からあふれ出る黒い煙が、魔物のようにダニエルを呑みこもうとふくらんだ。けれど、どういうわけか煙はダニエルに近づくと霧のように消えてしまう。ついに煙は恐れをなしたように、ダニエルに近づくのをためらって後退した。

「……ッ、なぜだ!　お前、どうやってあの業火から逃れたのだ!　あの炎に捕捉されたら最後、どんな生き物でもすべての精気を奪われ、魂さえも残らないのだぞ!」

ダニエルはなにも答えなかった。さっき瓦礫と化した家の敷地に立っていた時と同じく、無感情な目でヘザーを見つめている。

ヘザーは引きつった顔で喘《あえ》いだ。

「それに……それにお前、なぜ平気な顔で立っている。毒の腐敗臭で、普通ならとっくに中毒症状を起こしているはずだ。なんなのだお前は、お前は……」

ダニエルは鋭く目を細めると、ヘザーへ向かってすばやく踏みこんだ。なぜだかアレクシスにはわかった——ダニエルはヘザーを殺す気だ！

ヘザーが叫び声を上げた。同時に、その体がまばゆい光を放つ。

（あれは——自爆魔法!?）

アレクシスはたまらず目をつむった。耳をつんざくような爆発音と熱風が吹きつける。防護魔法が破られるのではないかと思うほどのビリビリとした衝撃を感じ、腕で顔をかばいながらなんとか両足でその場に踏んばった。

しばらくして目を開けると、あたりには粉塵《ふんじん》がただよい、そのにごった空気のなかにダニエルがひとりで立っていた。ヘザーは……跡形もなく吹き飛んでしまったのだ。

アレクシスが呆然とするなか、ダニエルはヘザーが残した鞄に近づいた。開いたままの口からは、まだ黒い靄《もや》が顔をのぞかせている。ダニエルは膝をつくとその残滓《ざんし》を手で払って消し、鞄の口を閉じた。

ため息をついて立ち上がると、アレクシスのほうを向いて言った。

「おいガキ。怪我はないな？」

アレクシスはハッと我に返る。口のなかが乾き、心臓が激しく鼓動を鳴らしてはいたが……自分は生きている。

「は……い。大丈夫です」

「少々まずいことになった。この場を離れるぞ。オレと一緒に来い」

「えっ……」

驚くアレクシスを尻目にダニエルは破壊された玄関ポーチに立つと、真っ黒にこげた床の石板を蹴ってひっくり返した。そこにはぽっかりと穴が空《あ》いていて——なにかが隠されていたようだ。ダニエルが片腕で引っ張り出したのは、旅行用のトランクだった。手際よく解錠すると、なかから一枚の紙をとり出す。端が茶色く変色した、古い紙だ。ダニエルはその紙を顔に近づけると、なにごとかをつぶやき始めたが、なにを言っているのかは聞こえない。呪文だろうか？　と考え、アレクシスは気がついた。あれは、高級魔法紙を使った手紙だ。使用者がしゃべった言葉を紙がそのまま吸収するので、他の者には聞こえないのだ。

ダニエルは魔法紙に声を吹きこむのを終えると、アレクシスに言った。

「あのババアは死ぬ間際、自分が見聞きした情報を仲間へ送る魔法を使っていた。オレだけじゃなく、お前のことも敵に伝わったはずだ。このままじゃお前の身も危ない。一緒に逃げるぞ」

言いながら、ダニエルは紙をきれいに折りたたみ、鳥の形にした。紙の鳥はダニエルの手からふわっと浮き上がって本物の鳥に姿を変えると、そのまま大空へ飛び立っていった。魔法使いが使う、古典的な連絡手段だ。最近はリアルタイムで会話できる通信魔法があるので、使う人間はめずらしいのだが。

「おい、お前も早く自分の荷物をとってこい」

言われて、アレクシスは周囲を見渡した。最初の爆発でアレクシスの鞄は遠くまで飛ばされてしまったようだ。目で見ただけでは探せそうにない。

「シルフ！」

精霊に呼びかけると、ヒュンと風が鳴って鞄が飛んできた。ドサッと腕のなかにおさまったそれは、傷ひとつついていない。さすが、ローブと同じ魔法がかかった魔法学校支給の鞄である。

「よし、行くぞ」

ダニエルは長い黒髪をひるがえすと返事も待たずに走り出し、アレクシスはあわててそのあとを追いかけた。

「待ってください！　あの惨状をそのままにしていいんですかっ？」

毒の地面は腐臭を発し続けているし、ヘザーが持っていた黒魔法を宿した鞄も放置されている。どう考えても危険極まりない。

「いいんだよ。調査隊には連絡した。後始末はそいつらがしてくれる。この地域の住人は避難させてあるしな」

「えっ？」

ダニエルはアレクシスのほうへ首だけ向けると、唇の端をつり上げた。

「あのババアが来るのはわかっていた。というより、来るように仕向けるために、魔法学校との通信をわざと傍受《ぼうじゅ》させたんだよ。つまり、網を張っていたのはこっちのほうだったってことだ。まあまさか、お前と連れ立って来るとは思わなかったがな」

「え……」

自分がヘザーを連れて来てしまったのだと思っていたが、ヘザーを連れて来させられた……ということだったのか？

「なっ……どうして、そんな危険なこと！　俺は単なる実習で来たんですよ！」

ダニエルがなにと戦っているのか知らないが、これではただのとばっちりではないか。

憤然《ふんぜん》と走りながら速度を上げて横に並ぶと、ダニエルは小馬鹿にしたような視線を寄こした。

「お前もなあ、ちょっとは不審《ふしん》に思えよ。あの年齢の女が三時間も汽車に揺られて疲れないとか、おかしいだろ。ひとり旅であれだけの弁当持ってるのもありえねぇし、餌《え》づけして相手の警戒を解こうっていう魂胆《こんたん》が見えるだろうが」

「な、なんで知ってるんですかっ⁉」

喜んでチェリーパイを食べてしまったのを思い出し、赤面する。

「事前に魔法学校と打ち合わせて、護衛を兼ねた監視をつけさせといたんだよ」

ダニエルはみずからの左胸を人差し指でトントン、と叩いてみせた。アレクシスが自分の胸を見ると、ブレザーの胸ポケットからぴょんとバッタが飛び出してきて「わっ」となる。バッタは地面に降り立つ前に、キラキラと光を散らしながら消えてしまった。

そうか、このバッタが先ほどの自爆魔法からアレクシスを守ってくれたに違いない。

「急ぐぞ。早くしないと、汽車が出ちまう」

ダニエルはさらに足を速めた。身長差があるぶん――ちなみにアレクシスは百八十七センチあり、まだ成長中だ――ダニエルのほうが多く走っているはずなのに、まったく息を切らしていない。アレクシスはついて行くだけで精一杯だというのに。

「っ、発車時刻は、まだの、はずですけど！」

ノースオベリアは田舎町、汽車の発着は上下線ともに二時間に一本だ。

「普通列車じゃない。乗るのは貨物列車だ」

駅が見えてきた。ダニエルは駅舎に向かわずに、線路が敷《し》かれた土手を目指して走っていく。確かに、積み荷を載せた貨物車が見える。

ダニエルに続いて土手を駆け上がりながら、アレクシスは叫んだ。

「それって！　無賃乗車では……っ！」

ダニエルも大声で返す。

「悠長に客車が来るのを待ってる場合かっ、黙って走れ！」

列車は出発したようだ。少しずつ線路をすべって前進を始める。

ダニエルはものすごいスピードで線路を走り、最後車両に追いつくと地面を蹴った。軽々と荷台のふちに着地すると、ストンと内側へ降り立つ。片手にトランクを持ったまま、信じられない動きだ。

アレクシスを見下ろすと、余裕の顔でのたまった。

「ほら、お前も上がってこい。来れなきゃ落第だぞ！」

「～～～～～～～っ！」

どんどん加速する列車に向かって、アレクシスは必死に走った。

しかしダニエルのように跳び乗るのは、とてもじゃないが真似《まね》できそうにない。だがこのままでは距離を離されるだけだ。仕方なくアレクシスは鞄を放り投げ、自分も思い切って跳躍《ちょうやく》した。

「シルフ！」

風の精霊に呼びかけ、強い追い風を起こす。風に背中を押されバランスをとるのが難しいが、なんとか荷台のふちに片手をかけた。

「強き風《ウエントウス・フォルティス》よ！」

さらに強風を起こし、下からあおるように後押ししてもらう。ぐんと体が持ち上がり、勢いあまって荷台の内側へ頭から落ちた。図《はか》らずも受け身をとるように体が前転してうまく衝撃が緩和《かんわ》され、最終的にあおむけの格好で停止する。一瞬遅れて、腕のなか——というより腹の上——に鞄がドサッと落ちてきた。

「うっ！　いたたた……」

車両の荷台にはたくさんの木箱がところせましと積まれていた。ふたになにか書いてある……「南部産オレンジ」？

「積み荷が石炭なんかじゃなくて、よかったな」

軽い調子で言うダニエルを、アレクシスは恨めしそうな目で見上げた。

「……これから、どこへ行くのですか」

「この汽車は東へ向かってる。その先は、まだ秘密だな。敵の目に見つからないようにしつつ移動だ。数日の旅路になるから、お前もそのつもりでな」

簡単に言ってくれる。

「いきなり、なんなんですか。敵とは誰なんです？　あなたはなにと戦っているんですか。俺は一体、なにに巻きこまれているんですか！」

理不尽さをぶつけるように、アレクシスは声を荒らげた。ダニエルは気にした様子もなく、にやっと笑う。美しい少女の顔には似合わない、ずいぶんと人の悪そうな笑みだ。

「オレの仕事を手伝いに来たんだろ、魔法学校の優等生？　だったら弟子として、オレの言うことを素直に聞いて従うんだな」

アレクシスは唖然とした。

なんなんだ、この尊大《そんだい》さは。未《いま》だかつて、大の大人でこんな傍若無人《ぼうじゃくぶじん》な態度の人には会ったことがない。

ダニエルはアレクシスの反応を面白そうに眺めたあと、ふと真顔になった。

「まあ、あのババアの魔法を前にして、びびらず立ち向かおうとしたことは褒めてやるよ。学生にしては上出来だな」

アレクシスはまばたきした。

あの時……ダニエルは姿を消していて（物陰などなかったのに、どこに身を隠していたのだろう？）自分は魔法を発動させる前だったというのに、ヘザーを捕らえようとしていたことを、ダニエルはちゃんとわかっていた？

「あのババアを仕留められなかったのは、オレのミスだ。お前を巻きこんだのは悪かったよ。今回の一件が片づくまで、ちゃんと守ってやるから安心しろ」

不意に、ダニエルは破顔した。人形のようにきれいな少女の顔に浮かぶ、存外にあたたかい微笑み。黒々としたまつ毛にふちどられた瞳が、陽光の下でキラキラと輝いて見える。多くの東方人がそうであるように暗褐色《ダークブラウン》だと思っていたそれは、紫水晶《アメシスト》のような濃い紫色をしていた。とてもめずらしい色だ。一瞬、アレクシスは時を忘れたように見とれた。

その時、吹きつける風にあおられてダニエルの異国風のワンピースの裾がはためき、白い膝が丸見えになった（信じられないことに、肌を隠してくれるドロワーズをはいていない！）。

アレクシスは「ひっ」と息を呑んで木箱の上をササササッと後ずさった。

「どうした？　顔が青いぞ」

「なんでもないです！　……それから、ご心配なく。自分の身は、自分で守れますから！」

冷や汗を拭《ぬぐ》いつつ、声高に宣言した。ダニエルはひょいと眉を持ち上げてアレクシスを見ると、面白がるように笑った。

「そうか。威勢が良くてなにより、優等生君」

「アレクシス・ウォルシュです！」

視界いっぱいに広がる青空を仰ぎ、ダニエルはからからと笑った。

アレクシスは激しく不安になった。

自分は、なんだかとんでもない人のところに来てしまったらしい。そしてどうやらこの夏季休暇は、ただの校外学習とはほど遠い、前途多難の冒険が待ち受けているのではないかと……。

＊

これが、無名の腕利き魔法使いダニエル・ブラッグと、のちに世界の真理にたどり着くことになる魔法使いアレクシス・スワールベリーの出会いだった。

この夏休みでふたりが生涯を通じた師弟契約を結び、アレクシスにとってダニエルが心から尊敬する師匠になるとは、この時にはまるで想像もつかないことであった。

第二章

森と追跡者と師匠が出した課題

「お前ちょっと小利口すぎるぞ」

THE ROAD TO WIZARD

アレクシスは、ダニエルのもとへ徒弟《とてい》実習に来たことを早くも後悔し始めていた。

ふたりを乗せた貨物列車は、まばゆい太陽の下を順調に走り続けた。さざ波のように風に揺れる麦畑や、緑の丘で草を食《は》んでいる羊が遥《はる》か後方に遠ざかっていき、ますます人里離れた辺境の地へと進んでいくようだ。

やがて眼前に青々と密集した木立が現れると、それを待っていたかのようにダニエルが言った。

「ここで降りて、あの森に向かうぞ」

そしてあろうことか積み荷の木箱をひとつ開け、なかからオレンジをとり出したのである。

「ちょっ……泥棒ですよ！」

咎《とが》めるアレクシスに、ダニエルはひょうひょうと返した。

「固いこと言うな。お前もひとつもらっとけ」

そう言ってオレンジを投げて寄こしたので、アレクシスはあわててお手玉した。

「いやですよ！　農家の人が丹精《たんせい》こめて作った収穫物で、大事な収入源なんですよ！　盗んでいいわけがないでしょう！」

我ながら正論だ、と思いながら力説すると、黒髪の少女はかえって面白そうににやにやした。

「いいから取っとけよ。受けとらないならお前に単位はやらないが、どうするよ？」

「なっ……」

絶句するアレクシスを尻目に、ダニエルは長い髪をしっぽのようになびかせて、走行中の汽車からさっさと飛び降りてしまった。

アレクシスはわずかな時間葛藤《かっとう》したが、結局オレンジを持ったままダニエルを追って跳んだ。

「風精霊《シルフ》！」

魔法の風にふわりと受けとめられて着地し、すでに森へ向けて走り出しているダニエルを追いかける。しかし内心は懊悩《おうのう》していた。

（なんということだ……無賃乗車だけでなく、窃盗まで……）

一日のうちに二回も犯罪をしてしまった。品行方正、真面目《まじめ》一筋で生きてきた自分には考えられないことだ。ああ、罪悪感で胸がチクチクと痛む。

「おいガキ、日が暮れる前に森を抜けるぞ。――なんだ、変な顔して。腹痛《はらいた》か」

「違います……。それから、ガキじゃなくてアレクシス・ウォルシュです」

「はいはい、坊ちゃん」

「アレクシスです！」

そんな調子で、道行きは進んだ。ダニエルの言動はアレクシスの良心に反することばかりだったが、それでも、彼女（？）の無駄のない機敏な身のこなしは、思わず美しいと感心してしまうものだった。

（この身体能力も、魔法によるものなのだろうか？）

ダニエルは、アレクシスのように風の精霊に運動機能を補助してもらっているわけではないようだ。けれど、魔法を使わずにここまでの動きができるものだろうか？

（それに、この姿）

マレットの言うように、ダニエル・ブラッグが本当は三十九歳の男性なら——この少女の容姿はなんなのだろう？

魔法使いが変幻自在に己の見目形を変える、なんていうのは、おとぎ話のなかだけだ。現実には、質量保存や物理法則を無視して肉体を別の物質に変える魔法などない。

他に考えられる方法としては、幻術——アレクシスが目にしている少女の姿は幻だという可能性だ。幻術とは相手に夢を見せるようなもので、対象者の記憶にあるものを引き出すことで術にかけることを容易にする。しかし、この少女にアレクシスは見覚えがないし……ダニエルの動きは精妙で、到底幻とは思えない。

（それに変身か幻術のどちらかだったとしても、こんなに精巧《せいこう》な魔法はかなりの魔力を消費するはずだ。魔力量の少ない人が、使えるとは思えない……）

徒弟実習先にダニエルを推薦してくれたマレットのことを信じたいが――正直、あまりにも得体の知れないこの人物についてきてしまってよかったのだろうかと、狐疑《こぎ》する気持ちが湧いてしまうのだった。

*

森のなかは、夏とは思えないほどひんやりと涼しかった。

空を覆い隠すように直立する木々は橅《ビーチ》だ。樹高は三十メートルもあるだろうか？　地面には幹《みき》の影がくっきりと落ち、足もとは薄暗い。しかし頭上を仰げば太陽の光を受けた枝葉が若草色に輝き、やわらかな木もれ日が降りそそぐ。鳥や虫の声でこんなにもにぎやかなのに、神聖な静寂《せいじゃく》に満ちているように感じられた。この静けさをみだりに侵してはいけない、と思うような。灯《あか》りを消した教会で、陽光に照らされた美しいステンドグラスを見上げている時の感覚に似ている。

（ああ――そうか。むしろ、こういう自然の崇高《すうこう》さを表現しようとしたのが、宗教芸術なのかな……）

大いなる森に包まれて、自分が小人のように小さな存在になった気分だった。おのずと畏敬《いけい》の念が生まれてくる。たくさんの精霊の息吹《いぶき》を感じた。

（なんて気持ちのいい場所だろう。ここにはきっと魔力溜《マギア・マクラ》まりがあるのだろうな）

魔力溜《マギア・マクラ》まりとは、たくさんの魔力が湧き出してくるエネルギースポットのことだ。アレクシスの故郷スワールベリーも強力な魔力溜《マギア・マクラ》まりを有する土地のひとつである。

古くから、魔力溜《マギア・マクラ》まりのある森や泉には竜や妖精が住んでいるという話や、不死の国につながっているといった伝説が語られてきた。もちろん作り話なのだろうが、昔の人がそれを信じたのもわかる気がする。

きっと魔法使いでなくても、多くの人の心が共鳴し、惹《ひ》きつけられるような場所だ。新鮮な空気は体と心を目覚めさせ、生命の波動は魂に語りかけてくる。

先を行くダニエルは、まるで道がわかっているかのように迷いなく進んでいた。早足なのにほとんど足音を立てず、野生の獣《けもの》のようだ。

しばらくすると、前方の木立が途絶《とだ》えて明るくなっているのが見えた。と同時に、かすかな水音も聞こえてくる。やがて明かりの下《もと》へたどり着くと、開けた場所には予想どおり小川が流れていた。水底まではっきりと見える、透きとおった清流だ。

「少しここで休憩するか」

ダニエルが言ったので、アレクシスは息をついた。水を目にしたとたんに、喉の渇きを感じたのだ。

鞄《かばん》からティーカップをとり出すと、川の水をすくって口に含んだ。冷たくておいしい。

水精霊《ウンディーネ》の生き生きとした生命力を感じた。

「ブラッグさんもいかがですか？」

もうひとつのティーカップにも水を汲《く》み、ソーサーに載せて差し出すと、ダニエルの紫の目はあきれたように細められた。

「川の水を白磁器で飲むとか、どこのお貴族様だよ」

「べ、別にいいじゃないですか！　水筒《すいとう》が必要だなんて思わなかったから、これしか持っていないし……飲めれば器なんてなんでもいいでしょう」

「なにもわざわざ皿に載せなくてもいいだろ」

「そこはその、礼儀ですよ。目上の方に渡すんですから、丁寧なほうがいいに決まってます」

「そりゃ、どーも」

ダニエルは言い返すのも馬鹿らしいといった態度で受けとった。

まあ、ソーサーを使ったのはそれだけが理由ではないのだが。カップを直接手渡すより、手が触れ合うことが避《さ》けられると思ったせいもある。ダニエルのふるまいに女性らしいところなどひとつもないが、やはり見た目が少女である以上、できるだけ接触の危険を冒したくはない。

不自然に思われないように、さり気なくダニエルとの距離をとって岩に腰かけ、あたりの梢《こずえ》を眺めた。

風がサワサワと葉を鳴らし、鳥のさえずりが響く。澄んだ水のせせらぎ、燦々《さんさん》と降り注ぐ日の光……精霊たちの気配。

アレクシスは魔力をこめ、精霊に呼びかけるように小さく細い口笛を吹いた。すると、あちこちから魔力が返ってくるのを感じる。魔法が使えない人にそれを説明するのは難しいのだが、空気が踊るような、きらめくような、楽しげな雰囲気が伝わってくるのだ。目に見えたり、音で聞こえたりするものではなく、ただ感覚で、その存在を感じる。

（この森の精霊たちはとても明るくて、元気だ）

思わず口もとがほころぶ。これまでの怒濤《どとう》のできごとを忘れるような、心地のよいエネルギーに満たされた。呼吸をするのが気持ちいい。

ふと、ダニエルが立ったまま真剣な顔でこちらを見ているのに気がついた。

「な、なんですか？」

逃亡中（？）なのに、のんきに精霊とコミュニケーションをとっているのを叱《しか》られるのだろうか。

「お前、一番得意なのは木魔法だな」

「な、なんでわかるんですか？」

いきなり言い当てられ、面食らってしまう。風の魔法は今日だけでもたくさん使ったから、風魔法が得意だと言われるのならわかる。けれど、木魔法は一度も使っていない。

「見ればわかる。風魔法は鍛錬《たんれん》で上達したんだろうが、もともと持っている素質は木と一番相性がいい」

見ればわかるって……普通、見ただけではわからないのだが。だからこそ、魔法学校には魔力や得意属性を計測する魔法具がある。

「木より風を使うのは、風魔法が最も日常で扱《あつか》いやすくて、効用範囲が広いですから」

風の壁を作って防御したり、クッションを作って受けとめたり。空気はどこにでもあるから、他の属性に比べて発動までの時間が短いという点も優《すぐ》れている。

「逆に苦手なのは、地、火だな。ほとんど使ってないだろ？」

「それは……地魔法は、あまり使う機会がありませんから。火魔法のほうは……」

岩に腰かけたままのアレクシスは、自分を真っすぐ見下ろすダニエルを前に、少しためらった。

「火は、攻撃性が高いので」

アレクシスが風を使うのは、突風で相手の注意をそらしたり、竜巻のなかに対象を閉じこめたりと、対人戦において相手を傷つけずに使える魔法だからだ。

臆病者だと誹《そし》られるだろうかと身がまえていると、ダニエルが言った。

「昔、魔法で誰かを傷つけたか」

まるで斬りこむような率直な言葉に、アレクシスはひどく動揺した。どうしてこの人は、なんでもお見通しなのだ。

返事ができずにいると、ダニエルはその瞳《ひとみ》が放つ鋭さを心持ちやわらげた。

「お前、生まれつき魔力の量が多かっただろう。そういう子供は、大なり小なり、力の制御ができずに誰かを怪我《けが》させてしまう経験をするもんなんだよ。気にするな」

「気にするなって……そんな簡単に片づけられることじゃありません！　俺がシャノンを……幼なじみを傷つけた時、彼女はまだ八歳だったんですよ。ひどい大怪我で……女の子なのに、彼女の体に一生消えない傷を負わせてしまったんです」

故郷には一級の治癒《ちゆ》魔法を使う魔法使いもいたが、彼女の肌に傷痕《きずあと》を残さずに治すことはできなかったのだ。

アレクシスの興奮と内心の怯《おび》えに、周囲の精霊が共鳴してざわざわと落ちつきなく騒いだ。

ダニエルもそれを感じているだろうに、紫色の双眸《そうぼう》は少しも揺るがずにアレクシスを見つめ返している。

「その子は、そう言ってお前を責めたのか？」

アレクシスははっとして息を止めた。

脳裏に、優しい声と淡い微笑《ほほえ》みがひらめく。

『――泣かないで、アレク。私は大丈夫だから』

あの時覚えた後悔の痛みは……きっと一生、忘れることはできないだろう。

けれど、彼女は——。

「……いいえ。俺のせいではないからと……そう、言ってくれました」

「なら、そう思え。お前のせいじゃない」

アレクシスはダニエルを見上げた。ダニエルはカップの水をぐいと飲み干すと、カチャンと音を立ててソーサーに置いた。

「とにかく、お前はちゃんと苦手な魔法も練習しろ。どの属性もバランスよく使えるようにしておけ。でないとあとで困ったことになるぞ」

「困ったこと？」

「お前の今の魔力は、六十万トリクル以上ある」

アレクシスは唖然《あぜん》とした。

「まさか。去年の秋に計測しましたが、十万と少しくらいでしたよ」

「それからもっと増えてるんだよ。しかも、お前の魔力量の上限はそんなもんじゃない。これからさらに増えて、倍くらいにはなるだろう」

「倍!?」

そんな数字、聞いたことがない。世界で五本の指に入る魔法使いだと言われているアドラム校長だって、五十万トリクルだという話だ。ダニエルは本気で言っているのだろうか？

「そんな量の魔力を抱えていたら、相当な負担になることは想像つくだろ？　だからどんな属性の魔法でも使えるようにしておけ。自分の魔力をうまくコントロールできるようにな。それから、今後は髪を切るな」

「な、なぜですか」

今の話に関係あるのか？

「体の質量が少しでも増えたほうがいいからだよ。余分な魔力を髪に溜めておけるだろ。お前の背が高いのも、負担を減らそうと魔力が成長を促《うなが》しているからだ。このままほっとくと、二メートル越えの大男になるぞ」

「えええぇぇぇっ!?」

嘘《うそ》だろう!?　ただでさえ陰気で底意地の悪そうな人相なのに、そんなに大きくなったら怖さ倍増ではないか。

「か、髪を伸ばしたら、成長は止まるんでしょうか……」

「絶対とは言えないが、少しは期待できると思うぞ」

「少し……」

アレクシスはうなだれた。

せっかくこれまで、すっきりさわやかヘアスタイルを心がけてきたというのに、長髪にしなくてはならないとは。この顔で黒髪を伸ばしたら、どう考えても黒魔術師《ウォーロック》か冥界の王みたいな見た目になってしまう。その上さらに身長が伸び続けてしまったら、完全に悪の大魔法使いだ。正義の使者が倒しにやってくるような外見だ。

「なにを落ちこんでるんだよ。見た目なんてどうでもいいだろ」

美少女の姿に化けている人に言われたくない……。

「それより、とにかくお前は魔力の扱いについてもっと学べ」

そう言うと、ダニエルはティーカップとソーサーを草の上に置き、自分のトランクから汽車を降りる時に失敬したオレンジをとり出した。「うっ」たちまちアレクシスの良心が痛む。

「お前には、これがどうやっているかわかるか？」

ダニエルは右手でオレンジを持ち、真上に軽く放《ほう》った。オレンジは引力に従ってダニエルの右手に戻り——手のなかにおさまった瞬間、こつぜんと消えた。

「！」

ダニエルはなにもない右手をぎゅっとにぎって拳《こぶし》をつくると、また手を開く。すると、オレンジが再び現れた。

（これは……）

手品？　いや、違う。かすかだが魔力の波動を感じた。しかし、ダニエルが精霊に呼びかけた様子はない。魔法だけれど……魔法じゃない。なんだ？　これは。

考えこむアレクシスに、ダニエルはにやっと笑った。

「これの仕組みがわかったら、お前は無条件で徒弟実習合格だよ。頭で考えずに、よく見て感じて、やってみるんだな」

そう言ってダニエルはもう一度オレンジを投げ、キャッチしたところでまた消える。と思ったらまた現れる。まばたきせずに凝視してみても、どんな魔法かさっぱりわからない。

アレクシスはローブのポケットに入れておいたオレンジをとり出した。

（うっ……やっぱり胸が痛い）

自分なら、どうやって消してみせるだろう？

その時、ふたりの頭上をなにかの影が横切った。見上げると、鳥が旋回《せんかい》しながらこちらへ降りてくる。

ダニエルが左腕を差し出すと、茶色い鳥がふわりと止まった。アレクシスはあっと気がつく。これは、鳥の姿をした魔法の手紙だ。おそらくダニエルが送った先から返信が来たのだろう。

鳥はつぶらな瞳でダニエルを見つめると、涼やかな女性の声でしゃべりだした。

『ダン、報告ありがとう。応援部隊が間に合わなくて悪かったわ。おかげさまでこちらのトラブルもなんとかなりそうよ。ノースオベリアに向かった調査隊によれば、事後処理は無事終了、一般人への影響はなし。刺客《しかく》が使用していた魔法具だけれど、おそらく戦時中に使用された兵器で間違いないわ。出所《でどころ》を調査中。そして、良くない知らせよ。あなたが連れとふたりで東ルートを移動していることを、敵がすでに知っていて情報を流している。あなたは大丈夫でしょうけれど、連れの子は素人《しろうと》でしょう。気をつけてあげて。以上、また報告を待つ』

鳥は話し終えると、ふっと煙《けむり》のように姿を崩して消えた。秘匿性《ひとくせい》を高めるため、伝達後は消滅する仕様になっているのだ。

「なにかの知らせですか？」

アレクシスが聞いた。手紙の内容は宛《あ》てた相手以外には知られないようになっているので、アレクシスには鳥の声が聞こえなかったのだ。

「いや」

ダニエルはあたりに視線を走らせ、耳を澄ませている。

「少し、その辺を見回りしてくる。荷物見てろ。オレが帰ってくるまで、お前はここでオレンジを消す方法を試してみろよ」

ダニエルはアレクシスに背を向けると、下流のほうへ歩き出した。

「はい……お気をつけて」

その後ろ姿を見送りながら、なぜだかアレクシスの胸のうちを不安がかすめた。

＊

ダニエルはひとりになって、思考をめぐらせた。

まったく、自分はなにをやっているのだろうか。本当の弟子でもないのに、あの優等生のお坊ちゃんの将来を案じて、余計な真似《まね》をして。

だが、見すごせなかった。あの少年は普通じゃない。魔法戦争時の英雄、アレクサンダー・スワールベリーの才能を間違いなく受け継いでいる。アレクサンダーも人並み外れた魔力を有していたが、アレクシスも魔力量だけでいえば今後曽祖父《そうそふ》を追い越すかもしれない。

しかし、本人がまるで無自覚だ。あれだけの力を持っていながら、自分の魔力量も把握していないなんてお粗末《そまつ》すぎる。魔法学校は一体なにを教えているのだ。

(まあ、昔とは時代が違うせいか)

今はかつてのような、魔法使いが力を誇った時代ではない。

戦時中は、魔法学校は軍学校と同義だった。優秀な魔法使いは戦力となることを期待され、重宝されたと聞く。戦争の英雄アレクサンダーも当然大勢の敵兵を——人間を、殺したのだ。

五十年前にアレクサンダーは和平交渉を成立させ、十年に及《およ》んだ魔法戦争は終結した。その後、世界平和の維持に向けて国際魔法連盟が創設され、様々な条約を締結《ていけつ》した。

そのひとつが、魔法の軍事利用撲滅《ぼくめつ》だ。そのため、大量殺戮《さつりく》が可能な攻撃魔法は禁止され、秘伝書は処分・封印——存在自体がなかったことにされた魔法も数多くある。魔法学校も、現在はそういったことを伏せて教育している。

その結果、アレクシスのような平和ボケした魔法使いが生まれているのなら、国家の計画はうまくいっているということなのかもしれない。

ダニエルは、アレクシスの育ちの良さからくる純粋さにあきれはするが、嫌いではなかった。むしろ、このまま擦《す》れずに成長してくれればいいとさえ思う。アレクシスの曽祖父アレクサンダーが経験したような、凄惨《せいさん》な戦いや人間の負の側面を見ずに生きていけるのなら、それに越したことはない。

（そう……だから、オレがあいつに干渉する必要などない）

ただし――今の世のなかが、本当に平和であれば、の話だ。

＊

アレクシスはオレンジを見つめ、悩んでいた。

（転移魔法が一番自然に消せると思うけど、相互魔法陣がなければ転移先から戻せないしな……）

試しに人差し指に魔力を集中して、自分の両手のひらに魔法陣を描いてみた。右手に送信用、左手に返信用。左手を背中に隠してから、右手に載せたオレンジを左手に転移させる。そして再び右手に転移。うん、問題なく成功だ。

だが、これではただの手品である。職にあぶれた魔法使いが大道芸としてやるような類《たぐ》いの芸当だ。こんな方法ではダニエルに鼻で笑われるだろう。

そのさまを想像し、アレクシスはむっとした。くっ……笑われてなるものか！

そう思って知恵をしぼったが、どんなに考えても、自分の知識と頭脳では方法がわからない。

（君たちは、どう思う？）

アレクシスは、周囲の精霊たちに向けて想《おも》いを飛ばしてみた。返ってくるのは、楽しそうな――人間で言うと、クスクス笑っているような――雰囲気だけだ。

ダメだ。面白がられているだけで、あてにできない。

「うーん……」

手のなかでころころとオレンジを転がす。

ダニエルが十トリクルしか魔力を持っていないのなら、魔力をたくさん消費する、複雑で高度な魔法ではないはずなのだ。

魔力をほとんど消耗《しょうもう》しない単純な魔法――火を灯《とも》すとか、風を起こすとか、魔法使いならまばたきひとつの時間でできるような、簡単な方法で……。

『頭で考えずに、よく見て感じて、やってみるんだな』

ダニエルの言葉を思い出し、アレクシスはオレンジを持っていないほうの手に魔力を集中した。

「グノーム、ドリュアス、サラマンダー、ウンディーネ、シルフ……」

呼び声に応え、精霊たちがはしゃぐように力を貸してくれる。

アレクシスの手のなかに、土が生まれる。そのなかから小さな木が生えて土をとりこみ、葉先に火が灯って木を焼き尽くす。炎は突如《とつじょ》現れた水に消火され、風がその水を霧状に吹き飛ばした。

(こんなふうに、精霊の司《つかさど》る元素なら生むのも消すのも一瞬だ。同じように、オレンジを消したり出したりできるだろうか?)

なんとなくではあるが、正解に近づいているような気がする。

精霊たちも、楽しそうに応援している様子だ。答えを教えてくれる気はないようだが、アレクシスがそれにたどり着くのを望んでいるらしい。

「よし」

森の魔力を感じながら、アレクシスは今一度気をとり直してオレンジを見つめた。

*

その時森のなかには、アレクシスとダニエル以外にもうひとりの人間がいた。

獲物を狙う肉食動物のように気配をひそめ、息を殺してじっと様子をうかがっている人物が。

（折よくひとりでいるところに遭遇するとは、ツイてるな）

灰色の両眼が、草むらの陰からアレクシスの姿を捉《とら》えていた。砂色のローブをまとった壮年の魔法使いだ。名をハクスリーという。長年諸外国を流浪《るろう》していたが、その腕を買われ声がかかり、現在はとある魔法使いの組織に所属している。

マーシー・ヘザーがダニエル・ブラッグの返り討ちにあった——その情報が組織の構成員に送信された時、彼らのあいだに衝撃が走った。

マーシー・ヘザーは四十年以上も組織に仕えていた古参の魔法使いで、戦闘員のなかでは達人《マスター》クラスだ。直情型で思慮深さに欠ける性格から、決して幹部の座に昇進することはなかったが、本人は自身の役割に満足していた様子だった。付き合いの浅いハクスリーの目から見ても、ヘザーが組織に仇《あだ》なす敵を排除する仕事を誇りに思っていたのはあきらかだった。そして、仲間を殺した者には執拗《しつよう》なほどの憎悪を向けてもいた。

今回の一件もそうだ。組織にとって重要な大仕事を控えている時だというのに、ダニエル・ブラッグの所在をつかんだヘザーは命令に逆らい単独行動に走った。本来ならすぐさま呼び戻して厳罰に処されるところだが、おそらく上層部は内心でヘザーがブラッグを始末してくれることを期待していたのだろう。ヘザーはただの軽率な女ではない。慢心《まんしん》するだけの力量を備えた、一流の戦士だったからだ。

そのヘザーが、標的にかすり傷ひとつつけること叶《かな》わず自害した。組織にとっては想定外の、大きな痛手だ。他の戦闘員の士気にも関わってくる。今後の活動を順調に進めるためにもここでブラッグを押さえ、組織の威光が揺るぎないものだとみなに示さなければならなかった。

ダニエル・ブラッグと他一名は東部に向かって移動中――その知らせを受けた時、まだ組織に加入して一年のハクスリーは、たまたまこの地域に潜伏していた。急ぎ魔力の痕跡《こんせき》を頼りに追跡し、この森へとたどり着いた。

(あの小僧は馬鹿だな。あれほど魔法を使いながら移動していたら、足跡を残しているようなものだ)

見たところ、魔法学校の学生のようだ。ローブの下からのぞく紺色の制服で、グラングラスの生徒だとわかる。この国の魔法教育の最高学府だ。だが学生と本物の魔法使いでは、実力も経験も雲泥《うんでい》の差がある。

(それに今の学生は、学外での魔法の使用制限がある)

学校の規制魔法で、攻撃用の呪文を唱《とな》えても術が発動しないのだ。魔法の悪用を防ぐための処置だが、おかげでこちらとしては好都合だ。まさに、赤子の手をひねるようなもの。

(だが、ダニエル・ブラッグは名うての魔法使い、油断はできない)

上からの指示では、ダニエル・ブラッグを抹殺、もしくは深手を負わせ、しばらくは使い物にならないようにしろと命じられている。

しかし、ハクスリーは正面から戦う気はなかった。今まで数え切れないほどの構成員が奴《やつ》の手で殺されている。今日死んだヘザーだってそうだ。

マーシー・ヘザーがブラッグ暗殺のために持ち出した武器は、魔法戦争時、武装した魔法兵士たちをひと薙《な》ぎで数千人屠《ほふ》ったという大量破壊兵器だった。幾重もの防御魔法を貫通する圧倒的な攻撃力に人々は震撼《しんかん》した。今では政府が回収に躍起《やっき》になっている、国際指定第一級の危険魔法具だ。

それほどの兵器を使っても、ダニエル・ブラッグは無傷なのだという。ヘザーが最後の手段にと、至近距離で自爆してさえ、だ。組織の構成員が使う自爆魔法は、半径二メートル以内の生命体すべて——細菌などの微生物に至るまで——を殲滅《せんめつ》する、まさしく最終兵器にもかかわらず。

とんでもない化け物だ。そんな相手に、充分な人手と準備もなしにまともにやり合う気はない。

(ダニエル・ブラッグを殺す必要はない。あの婆《ばあ》さんと違って、私は奴に恨みもない。返り討ちにあうのは御免《ごめん》だ)

大体ヘザーが殺されたのだって、ダニエル・ブラッグの罠《わな》でなかったとどうして言える？組織が一大計画を遂行《すいこう》しようという、そのタイミングを見計らったかのように大事な戦力を減らされたのだ。偶然《ぐうぜん》にしてはできすぎている。ハクスリーの見解としては、ブラッグを殺すよりそれを確かめるほうが重要だ。もし計画がすでに敵に知られているのなら、早急に対応策を講じなくてはならないだろう。

（ブラッグから情報を引き出し、奴らの手の内がわかれば御《おん》の字《じ》だ。それで組織での私の地位も上がる）

そして奴の口を割らせるには、人質をとるのが一番だ。

（あの小僧を神経毒で麻痺《まひ》させ、解毒剤を交換条件にしてブラッグに情報を吐かせる）

神経毒は、組織が長年研究し作りあげた、魔法と複雑な調合の毒物を融合させた逸品だ。この毒に侵されたが最後、治癒魔法で治すことは不可能だ。唯一の治療薬《ちりょうやく》である解毒剤は、ここから三十キロ離れた洞穴《どうけつ》のなかに隠してきた。ブラッグから情報を得たら、解毒剤の場所を教える。奴は解毒剤が本物か確かめるまでは、ハクスリーを殺すことはできない。そして奴が必死に解毒剤をとりに走るあいだに、自分は逃げればいいのだ。

ハクスリーは腿《もも》に装着している投げナイフのホルスターに手をかけた。彼は日頃から、仕事を魔法頼りにしていない。保有魔力は八千トリクルと、戦闘員としては少ないほうだ。その代わり、肉体の鍛錬《たんれん》を欠かしたことはなかった。

視線の先のターゲットは、こちらに気づく様子もなく川べりに腰かけている。オレンジを手に首を傾《かし》げたりして、のんきなものだ。

だが、仕事に手は抜かない主義だ。ダニエル・ブラッグに助けを求める隙《すき》を与えず、すぐさま標的を戦闘不能にする。

ハクスリーは周囲に人の気配がないことを確かめた。よし、ブラッグは近くにいない。ハクスリーは目にも留まらぬ速度でナイフを放った。ヒュッと風を切ったそれは、アレクシスの後方にある岩に当たってキンッ！　と鋭い音を立てた。アレクシスはハッとして岩をふり返る。ハクスリーは草むらから飛び出し、アレクシスに襲いかかった。

アレクシスが気がつき、ふり向いた時にはもうハクスリーの右手が無防備な首にかかってい た。声を封じてしまえば悲鳴も上げられず、魔法も使えない。そのまま首を絞めようと右手に力をこめながら、ハクスリーは呪文を唱える。左手に毒魔法を宿らせ、この少年の口を塞《ふさ》ぐのだ。

すると、ターゲットが意外な反撃を見せた。手に持っていたオレンジをハクスリーの目に向かって投げつけたのだ。虚《きょ》をつかれたハクスリーはわずかに右手の力をゆるめてしまい、アレクシスは左腕でその手を撥《は》ねのけると、立ち上がって戒めから逃れた。

「クソッ！」

ハクスリーは目を押さえながら、別の呪文を唱えた。作戦変更だ。

「冥精《めいせい》ランパス、我の呼び声に応えよ。冥府の城塞《じようさい》にて罪人を閉じこめし永劫《えいごう》の炎よ、環状の鎖となりて敵を捕らえよ」

地面の上を細い炎が走り、アレクシスの周りをぐるりと囲った。そして炎は上方に向かって螺旋状《らせんじよう》に伸びていき、鳥籠《とりかご》のようにアレクシスを閉じこめた。その細い格子《こうし》は真《ま》っ赤《か》に燃え盛り、少しでも触れればただでは済まないことを物語っている。

炎の牢《ろう》のなかから、アレクシスはハクスリーを見た。その緊迫した表情を見つめ返しながら、ハクスリーはあらためて毒魔法の呪文を唱える。

(悪く思うな、小僧――)

放たれた毒魔法は、黒い霧状になってアレクシスに襲いかかった。毒霧は炎の牢をいっぱいに満たし、格子の外まで覆いつくす。逃げ場はない。霧の持続時間は二十分以上――息を止め続けることはできないだろう。そしてわずかでも吸いこめばすぐに麻痺が生じ、やがて神経細胞を死滅させる。

(よし、今の魔法を感知してすぐにブラッグが戻ってくるだろう。そしたら奴と交渉して――)

ハクスリーが意識をよそへ向けた時、不意に毒霧のなかから腕が伸びてきた。

「なっ……!」

その腕はハクスリーの胸倉をつかむと強い力で引きつけ、互いの体を入れかえるように炎の格子に叩《たた》きつけた。

「ぐぁっ……!!」

背中が焼ける。たまらず精霊に(散れ!)と念じ、炎の牢は崩れるように消えた。しかし、胸倉をつかんだこの腕はゆるまない。ハクスリーは腰のベルトに差したナイフを引き抜き、相手の脇腹を狙って斬りつけた。が、刀身が届く前に手首に猛烈な手刀《しゅとう》を食らい、ナイフはあらぬ方向へ吹っ飛んだ。そして相手は間髪《かんはつ》を容《い》れずにハクスリーのショルダーナイフを引き抜くと、ぴたりと喉もとに突きつけた。首の薄皮一枚へだてた冷たい刃《やいば》の感触に、息を呑《の》む。

ハクスリーは信じられない思いで自分を戒める相手を見上げた。百九十近い長身、黒髪に黒目、青白い肌に酷薄そうな顔形——まだ十代とおぼしきこの若者は、まるで死刑執行人のような様相でこちらを見下ろしている。

(なぜだ……なぜ牢から抜け出せた。それに、どうして毒が効かない)

毒魔法は未《いま》だ発動中だ。術者であるハクスリーが毒に侵されることはないとはいえ、毒霧のなかにいながら普通に息をしている目の前の男に畏怖《いふ》を抱《いだ》いていた。

アレクシスは冷たい声で言った。

「毒魔法か。解毒剤はどこにある？」

ハクスリーは混乱した。なぜ、毒が効いていないのにそんなことを聞く？

「答えろ」

アレクシスはナイフを強く押しつけた。ハクスリーの首から血がにじむ。自分の武器で敵に痛めつけられるなど屈辱だが、それ以上に恐怖が勝っていた。この男は間違いなく本気だ。人を傷つけることに、なんのためらいも感じられない。

ハクスリーは冷や汗をかきながら言った。

「……洞穴だ。ここから北西に三十キロ行った洞穴のなかへ、十メートルほど入った水たまりの奥の岩の後ろに隠してきた。本当だ」

アレクシスは黙ってハクスリーを見た。

信じただろうか？　ハクスリーが冷淡な顔から感情を読みとろうとするなか、ふとアレクシスの瞳の色が変わった。黒曜石《オブシディアン》のような黒から、紫水晶《アメシスト》のような紫色へ。そして右目の下に、すうっと泣きボクロが浮かぶ。

「ダニエル・ブラッ……!!」

ハクスリーは、最後まで言えなかった。首に当てられたナイフが一閃《いっせん》し、頸動脈《けいどうみゃく》を切断する。鮮血が噴き出すよりも早く、アレクシスは地面を蹴って軽々と後ろに飛《と》び退《の》いた。ハクスリーは首を押さえ、驚愕《きょうがく》の表情で膝《ひざ》をつく。わずかに遅れて、アレクシス――いや、少女の姿に戻ったダニエルが、トン、と着地をした。一滴の返り血も浴びていない。ハクスリーはそれを信じられない面持ちで凝視していたが、やがてその場に崩れ落ちるように倒れた。

*

ダニエルはゆっくりとハクスリーに近づくと、彼が虚空《こくう》を見つめたまま絶命するのを静かに見届けた。右手に持ったままだったハクスリーのナイフを彼のショルダーホルスターに戻す。

立ち上がり、あたりにただよう毒の霧をじっと見つめた。

たちまち、黒い霧が消えていく。解毒でも浄化でもなく――毒魔法が発動する前の、静かな森の空気にただ戻るように。

わずか三秒ほどですべての毒を消し終わり、ダニエルはひとつ、小さく息をついた。

――いつでも、人の命を奪った後味は悪いものだ。

川のふちに立って水面《みなも》を眺めた。黒髪の凜《りん》とした容貌《ようぼう》の少女がこちらを見つめ返している。

『――ダン。決して、心を失うな』

ダニエルはこの姿をした、懐かしい人の言葉を反芻《はんすう》した。

『私たちは罪深い。それを忘れたことはない。だから私は、自分がどんな死に方をしようとかまわない。けれどダン、私が死んでも、お前は誰かを憎んで修羅のようにはならないでくれ。この仕事を続けても、自分を見失うな。私は優しいお前が好きだから』

ダニエルは水の鏡像に向かって、心のなかで返事をした。

(ああ。忘れてないよ、アイリーン)

ダニエルは懐《ふところ》から魔法紙をとり出すと、紙に向かって言った。

『南東部の森でひとり片づけた。奴らが使う毒魔法の解毒剤が入手できそうだ。場所は死体から北西へ三十キロの洞穴、入り口から十メートルの水たまりの奥の岩。どちらも回収を頼む。しばらくは追っ手から身を隠し、南下するつもりだ。連れはそちらに保護してもらいたい。悪いが誰か迎えを寄こしてくれ。よろしく頼む』

紙を鳥の形に折ると、すぐさま本物の鳥になって飛んでいく。

ダニエルは、仕事ではいつもこの通信手段をとっていた。飛行中の手紙は本物の鳥になっているので魔法使いに見つかって横奪される心配はないし、猟師や猛禽類《もうきんるい》に狙われても攻撃回避機能が働くから安全性も高い。リアルタイムで相互通信できる魔法は便利だが、妨害・傍受《ぼうじゅ》されやすいし――そもそもダニエルは相手からの通信を受けることはできるが、自分からは連絡がとれない。通信魔法に力を割けるほど、魔力を持っていないのだ。その点魔法紙を使えば、紙自体に魔法がかかっているので使用者の魔力を消費せずに済むという利点がある。

ダニエルは川べりに転がったままになっていたオレンジを拾い、上流に向かって歩き出した。追っ手が罠にかかるまで一時間も要してしまったが、あの少年は大人しく待っているだろうか。

ダニエルがもといた場所まで戻ってみると、アレクシスは一時間前と同じところに座っていた。こちらに気がつくと、ぱっと嬉《うれ》しそうな笑みを見せる。

「ブラッグさん、見てください！　完全ではありませんが、この方法なら消せますよ！」

どうやら、ずっとオレンジの消し方を考えていたらしい。時間の経過に気づかないほど熱中していたのか。

アレクシスは右手のひらにオレンジを載せ、ダニエルに差し出すように腕を伸ばした。

「太陽精《ヘリアデス》」

アレクシスの呼び声に精霊が応える。スーッとオレンジが透明になり、まるで窓ガラスのように向こう側の景色が見えた。

「どうですかっ？」

アレクシスはキラキラした目で見上げてくる。冷血漢のような顔立ちにそぐわず、なんとも素直で純真な表情だ。犬みたいな奴だ、と思いながら、そういえば自分にもこんな頃があったな、なんて思い出す。

ダニエルは内心苦笑いをしつつ、表面では皮肉っぽく唇の端をつり上げてみせた。

「光の屈折を利用した透明化か。残念、はずれだ。見えなくさせるんじゃなくて、本当に消すんだよ」

アレクシスはがっくりと肩を落とした。

（感情の起伏の激しい奴だなあ）

まあ、よほどの自信作だったのだろう。確かにそこらの学生が思いついてすぐに実践《じっせん》できるような魔法じゃない。この少年は魔力が多いだけじゃなく、サラ・マレットが言うとおり、頭がいい上に努力家だ。

「まあ、発想は悪くない。そのやり方の延長線上に答えがあるようなもんだ。だが、お前ちょっと小利口すぎるぞ。早食いで消すくらいの真似はしてみせろよ」

ダニエルは自分のオレンジの皮に爪を立て、手のなかでくるりと回転させた。爪の先に一瞬だけ針より鋭い魔力を集中させたので、きれいに亀裂《きれつ》が入って皮がむける。みずみずしい果実にかぶりついた。うむ、さすがオベリア郡の特産、うまい。

「なんですかそれ。そんなの魔法じゃないじゃないですか」

あきれ顔のアレクシスに、ダニエルはにやりと笑った。

「だからお前は正解にたどり着けないんだよ、堅物優等生」

アレクシスはたちまちむっとした顔になって、「アレクシスです！」と言った。

ダニエルは口もとがゆるむのを感じた。

――おかしいな。たった今、人をひとり殺してきたばかりだというのに、こんなやりとりが心から楽しいと思える自分が奇妙だ。

「ほら、もう出発するぞ。夜までに町の宿屋までたどり着けなかったら、この森で野宿だ。まあ、ここなら食う物に困らないだろうけどな。さっきもうまそうなウサギを見つけたぞ。夕飯の時にはウサギの皮の剝《は》ぎ方《かた》を教えてやるよ」

「早く森を抜けましょう!!」

アレクシスは叫ぶように言って猛然と立ち上がった。ダニエルはせせら笑う。

「なんだ、動物を捌《さば》くのが怖いのか？　お坊ちゃん」

「俺はウサギが好きなんですよ！　今日中に宿に着けばいいんでしょう!?　早く行きましょ

う！」

青ざめた顔で急《せ》かすアレクシスにダニエルは思わず破顔すると、長い黒髪をひるがえして緑のなかを駆け出した。

第三章

昔の話、師匠が愛した人の話
「人の詮索とは感心しないな？」

THE ROAD TO WIZARD

アレクシスはくたくただった。

暗くなる前に森を抜けようと、懸命にダニエルを追いかけて走り――ダニエルは少女の姿のくせに化け物並みの体力で、ちっとも疲れを見せないし――ようやく街道に出て集落に着いた時には、もう夜の八時近くだった。

（これから宿を探すんだろうか……）

泊《と》まれるところを見つけたとしても、今からでは食事を出してもらえるかもわからない。お昼以降は良心の呵責《かしゃく》に耐えながらオレンジを一個食べただけなので、腹はぺこぺこだ。夕飯抜きでは眠れそうにない。

「ほら、しっかり歩け。その先の道に宿屋があるから」

不意に背後から聞こえた耳慣れない低い声に驚いて、アレクシスは飛び上がった。

「えっ……あっ、ブラッグさん!?」

ふり向くと、そこには見知らぬ男性が立っていた。身長はアレクシスより低いが、百八十以上はあるだろう。白いシャツと革のベストを身につけている。くるくるとカールしたブルネットの髪、あごにはわずかに無精《ぶしょう》ひげ、そしてたれ目がちな紫色の目の下には泣きボクロがあった。

「……本当に男性だったんですね」

学校の卒業アルバムに写っていた少年が成長したら、まさにこんな感じだろう。三十九歳という年齢よりも若々しく見えるが、おそらく魔法でサバを読んでいるのではなく、日々の鍛錬《たんれん》によるものだ。引き締まった姿態に少しかげりを帯びた南部系の甘いマスク、間違いなく女性にモテそうな外見だ。

(なんでこの人、わざわざ女の子の格好をしているんだろう……)

謎である。

ダニエルはひょいと片眉を上げた。

「がっかりしたか?」

――いえ、むしろほっとしました。

アレクシスは本心を口には出さず、「どうして男の姿に戻ったのですか?」と訊《たず》ねた。

ダニエルはにやりとする。

「なじみの女に会うのに、女の姿で行くわけないだろ?」

(……うわぁ)

アレクシスは女性が苦手だが、それにともなって恋愛や性《セクシュアル》的なことも苦手だ。

いや、逆か？　性的なことにトラウマがあるから女性も苦手になったのであって……って、別に順番はどっちでもいい。とにかく、ダニエルにそういう相手がいてもなんの不思議もないし、アレクシスがどうこう言うことでもないのだが、できる限りそういう話は聞きたくない。

（……というか、どんな宿なのか不安になってきたぞ）

「あの、これから泊まるところって、普通の宿屋なんですよね？」

恐る恐る聞くと、ダニエルはますますにやにやした。

「お前は普通じゃない宿屋には泊まったことがないのか？　じゃあ、楽しみだな」

アレクシスは鞄《かばん》をとり落としそうになった。冗談じゃない。

「まったくもって楽しくないです！　なに考えてるんですか！　俺は学生ですよ！　勉強のためにあなたのところへ来たんですよ！」

あたりが暗いせいで、蒼白《そうはく》な顔色が見えないのは幸いだったかもしれない。いや、この先のことを考えれば幸いもなにもあったものじゃない。

「道の真んなかで騒ぐなよ」

ダニエルは面白がる態度を隠そうともせず、アレクシスの脇をすり抜けて軽快に先を歩いた。その背中を追いかけながら必死に言う。

「考え直してください！　俺はそんなところには絶っ対に泊まりませんからね！」

「そんなところとはなんだ。知りもしないことを断ずるのは早計だぞ。なにごとも社会勉強だと思え」

「もっともらしい理屈を言わないでください！　大人なら青少年に対して分別のある行動をとってくださいよ！」

横に並んで言《い》い募《つの》るアレクシスに、なぜかダニエルは涙を拭《ぬぐ》う真似《まね》をした。

「なんてありがたいお言葉なんだ。そんな真面目《まじめ》で真っ当な学生君に、先輩はぜひとも新しい世界を教えてやりたいと思うよ」

「ふざけないでください――っ!!」

わめくアレクシスに、ダニエルはふと思いついたように言った。

「それか、お前あれか。故郷に許婚《いいなずけ》がいるとかか」

「えっ……」

アレクシスは不意を突かれて動揺した。

――許婚。

いる……というか、いた、と言ったほうがいいのか。

あの婚約はもう無効なのだろうと勝手に思っていたが、よく考えたら正式に破棄されたわけではない。いや、どちらにしろ結婚なんてしたくはないのだが……そもそも、自分は彼女――

ブリジットの気持ちをきちんと確かめたことはなかった。

「そうか。その子には黙っていてやるから、心配するな」

思わず考えこんでしまっていたら、ぽん、と肩を叩《たた》かれた。はっと我に返る。

「そういう問題じゃありません！」

「そら、もう着いたぞ」

「わ――っ！　ちょっと待ってくださいっ！」

なぜか目を背《そむ》けてダニエルの後ろに隠れようとするアレクシスだったが、ふとその宿の店がまえに気がついて「ん？」となった。

素朴な木造の建物には年季の入った看板がかかっていて、吊《つ》るされたランタンがそこに書かれた文字を照らしていた。「大衆酒場・金《きん》の花穂亭《かすいてい》」とある。

「普通のお店じゃないですか……」

脱力するアレクシスにかまわず、ダニエルは機嫌よく扉を開けて騒がしい店内に入っていった。

＊

金の花穂亭は、小さな店だがとても繁盛《はんじょう》していた。アレクシスは大衆居酒屋にくるなんてことは初めてだ。仕事を終えた男たちが大声で騒ぎながら食事や酒を楽しむ姿に軽く目を見張る。

カウンターの向こうで忙《せわ》しなく働いていた女性がダニエルに気がつくと、きゃーっと喚声を上げた。

「ダニーじゃない！　嘘《うそ》みたい！　会いたかったわ」

亜麻色《あまいろ》の髪をポニーテールにした、二十代半《なか》ばくらいの女性だ。カウンターから飛び出してくると、嬉《うれ》しそうにダニエルの首に飛びついた。駆け寄ってくる時に胸もとから谷間がのぞき、豊かな胸がゆさゆさと揺れていた。アレクシスは思わず一、二歩後退すると、青ざめて視線をそらす。……まずい。完全にアウトの女性だ。

「ローナ、元気にしてたか？」

「元気よ、元気！　あなたも変わってなくて安心したわ。今日はどうしたの？」

ダニエルはローナに小さな麻袋——見た感じ、結構な金額の硬貨が入っていそうだ——を渡しながら言った。

「一泊したい。個室は空《あ》いてるか？　人数はふたり」

「ふたり？」

そこで彼女は初めて、ダニエルの後ろに立っているアレクシスに気がついた。

「あら、お連れ様なんてめずらしい。ずいぶん背の高い子ねー。あなた、今はこの子とつき合ってるの？」

（——は？）

アレクシスはポカンとした。

「ちょっとした成り行きで連れてるんだよ。部屋はあるか？」

「あるわよ。うふふふ、ベッドはひとつのほうがいいかしら？」

「ふたりで寝たら、こいつの長い脚がはみ出すな。ふたつある部屋で頼むよ」

「ふたつのベッドをくっつけたほうが広いものね」

ローナは高い声で笑うと、「準備してくるわ」と言って二階へ続く階段を上っていった。そうか、二階が客室になっているのか。

ダニエルはカウンターの空いている席に腰かけ、アレクシスをふり返った。

「好きなもの頼んでいいぞ。飯くらいおごってやる」

「はあ……ありがとうございます」

今のやりとりはなんだったのだろう……。

なんだか腑《ふ》に落ちないまま、ダニエルのとなりに座った。

カウンターの向こうの厨房《ちゅうぼう》では、おそらくローナの父親と、祖母らしき人が料理を作っている。母親は給仕だ。そうか、家族三世代でやっている店なんだな。忙しそうだが、みんな表情が明るく、交わす言葉から仲の良さが伝わってくる。いい雰囲気だ。繁盛しているのもうなずける。

こんな田舎《いなか》の酒場ではろくな食事にありつけないだろうと悲観していたのだが、ひょっとす

ると……？

厨房からただよってくるおいしそうな匂いから、期待感に胸がふくらむのを止められなかった。

そしてアレクシスの予想どおり、出てきた食事はとてもおいしかった。いや、予想以上だ。日頃の学生寮の食事とは、比べものにならないくらい豪華だ。

森が近いため食材が豊富なのだろう。今日獲《と》ったばかりだという猪《いのしし》の肉は初めて食べたが、臭みがなくてあっさりしているのに豚肉より味が濃くて、塩と胡椒《こしょう》の味つけだけでも充分飽きが来なくておいしい。新鮮な野菜がたっぷり使われたスープも、素朴なのに贅沢《ぜいたく》な気分になる味だ。パンも硬くて歯が立たないなんてことはないし、チーズも濃厚で（安物は味が薄いのだ）とても庶民の味とは思えない。

空腹が満たされて幸せなため息をつくアレクシスのとなりで、ダニエルは麦酒《ビール》を干していた。

その姿を横目でうかがいながら、なんだか不思議な心地がした。ずっと少女の姿のダニエルと一緒だったので、急に知らない人といるようだ。まあそのおかげで、アレクシスはこうして並んで座っていても落ちついていられるのだが……。

「なんだ。お前のぶんも頼むか？」

アレクシスの視線に気づいて、ダニエルが言った。

「いえ、酒は飲まない主義なので」

「面白味のない奴だな」

「なんとでも言ってください」

アレクシスはただの水をちびちびと飲んだ。

エリシウム共和国の法律では、男子は十六歳、女子は二十歳から飲酒が認められている。

アレクシスの故郷スワールベリーはその法が及《およ》ばない特殊な地域なので、昔からの風習で「祭殿に納められている大岩を魔法で空高く持ち上げられたら酒を飲む資格あり」という、なんとも古くさい方法が未《いま》だにとられている。アレクシスは人よりかなり早く、十一歳の誕生日に持ち上げてしまったが、なるべく飲まないようにしていた。なんというかまあ、酔った末に万が一のあやまちを犯さないためだ。逆をいえば、故郷に戻ればアレクシスに深酒をさせようと目論《もくろ》むような女性（と、その家族）が数えきれないほどいる。ああ、考えただけで背筋がぞわぞわしてくる。

ダニエルはアレクシスをじっと見て言った。

「まあ、確かにお前はアルコールとそれほど相性が良くないみたいだな。もし飲む機会があったとしても、軽い醸造酒くらいにしておくといい」

「なぜわかるのですか?」

ダニエルは薄く笑った。

「魔力と同じだ。見ればわかる」

――だから、どうして見ただけでわかるのだ？

それを知りたいのだと言おうとしたところで、通りがかったローナがカウンターの向こうから話しかけてきた。

「なぁに、ふたりでなんの話？」

カウンターに肘《ひじ》をついた格好で、豊かな胸がぐっと強調される。アレクシスは眼前に迫ったそれに悲鳴を呑《の》みこみ、からになった食器を高速で積み上げた。

よし、これで見えなくなったぞ。横でダニエルが「おい、オレのフォーク」とか言っていたが、気にしない。山になった食器を持ち上げローナの前に置くと、席を立った。

「俺、もう休みます。お料理ごちそうさまでした。とてもおいしかったです」

笑顔を作ろうとするとおそらく引きつって悪人面に磨きがかかるだけなので、硬派にキリリと表情を引きしめて挨拶《あいさつ》した。よかった、あいだにカウンターがあるという安心感で、ローナの目を見て言うことができた。いくら女性が苦手だとはいえ、最低限の礼儀は守りたい。

ローナはアレクシスの行動にきょとんとしたあと、にっこり笑った。

「そう、お口に合ってよかったわ」

エプロンのポケットから鍵をとり出して、カウンターに置く。

「部屋は二階の突き当たりよ。お湯が使いたかったらおじいちゃんに言ってね。部屋まで運んでくれるから」

「ありがとうございます」

アレクシスが鍵をとろうとすると、横からダニエルの手がさっと伸びてさらってしまう。

「オレはまだ飲んでるから、内鍵かけていいぞ。それから、虫も通れないくらい強力な防護結界も張っとけ」

「結界魔法を使ったら、ブラッグさんも入れないじゃないですか」

ダニエルは馬鹿にするように鼻を鳴らした。

「お前が作るちゃちな結界なんざ、オレにはないも同じなんだよ。締め出すつもりでやってみな、お坊ちゃん」

アレクシスは無言のままピクピクと唇の端を震わせた。年長者には敬意を払うのが信条なのだが、頭に血が上るのを止められない。しかも小柄な美少女の姿の時より、憎らしさは倍増だ。

「失礼します！」

アレクシスは背を向けると憤然《ふんぜん》と――しかし階段が古くなっているのに気がつくと床板を傷めないように気を使いながら――二階へ上がっていった。

「かわいい子ね。でも意外。ダニーはああいう子、好きなの？」

ローナは新しい麦酒と、サービスでつまみの小魚のフライを出しながら言った。

「ただの弟子だよ。魔法学校の後輩を、少しのあいだ預かってるだけだ」

「ただの弟子、ね」

ローナがおかしそうにくすくす笑うので、ダニエルはひょいと眉を持ち上げた。

「なんだ？」

「だって。ダニーは、こうしなさい、って偉い人に命令されたって、いやなら聞かない人じゃない。弟子なんて絶対とらないと思ってたのに、どうして主義を変える気になったの？」

ダニエルは杯《さかずき》を傾けながら、ローナのことを上目遣いに見て笑った。

「へえ。お前がそんなにオレのことに詳しかったとは、知らなかったな」

「あなたが思うより、私はダニーのことを知っているのよ。あなたは私のこと、ちっとも知らないでしょうけど」

そう言うと、ローナはわざと拗《す》ねたようにぷいっと横を向いた。けれどすぐに、こちらを見て相好《そうごう》を崩す。花がほころぶような笑顔だ。ダニエルの胸に、あたたかい光を灯《とも》してくれるような。彼女のこんな顔を見ることが叶《かな》い、ダニエルは嬉しかった。十年前、ローナはもう立ち直れないのではないかと思うほど悲嘆にくれ、痛々しい姿だったのだ。

入り口の扉がカランコロンと鐘を鳴らしながら開いて、新しい客が入ってきた。

「いらっしゃい！」

ローナは元気よく言ってから、ちょっと身をかがめて声をひそめると、甘えるようにダニエルに言った。

「ダニー、私の仕事が終わるまで、待っていてくれる？」

「ああ。当たり前だろ」

ローナは嬉しそうな顔をすると、ポニーテールをひるがえして軽快にカウンターから出ていった。

＊

宿の客室で、アレクシスは感心していた。もしかしてこの宿屋は、かなり高級な部類に入るのではないだろうか。

庶人が泊まる宿なんて、たとえ個室をとっても寝台は藁《わら》にシーツをかぶせただけなんてことはざらだと聞いたが、この部屋はちゃんとしたベッドだった。清潔で、ノミがいるような気配もない。

「いいお部屋ですね」

盥《たらい》にお湯を用意してくれた老人にアレクシスは言った。六十はゆうに越えているように見えるが、体ががっちりとしていて、とても健康そうだ。老人はにこにこしながら、のんびりとした口調で言った。

「ありがとごぜぇます。都会から来なすったお客さんにゃぁつまらんところでしょうが、ゆっくり休んでもらえりゃあ嬉しく思いますよ」

「とんでもない。すてきな町だと思いますよ。ここに来られてよかったです。お食事もすばらしくて感動しました。猪のお肉、ごちそうさまでした」

厨房にいた老婦人――このご老人の奥方だ――の話だと、この人が猪を仕留めて来たのだという。

老人は愉快そうに笑った。

「はっは、丁寧にありがとごぜぇます。気に入ったんなら、どうぞまた寄ってくだせぇ」

「はい、ぜひ」

部屋でひとりになると、アレクシスはほっと息をついた。あたたかい湯で顔と足を洗って楽な格好に着がえると、ずいぶんとくつろいだ気分になれた。ありがたいことに、ベッドは長身のアレクシスでも脚がはみ出ない大きさだ。横になって体を伸ばし、目を閉じた。

今日はなんてハードな一日だったんだろう。徒弟《とてい》実習に行ってこんな体験をする生徒は、魔法学校創立以来、自分だけなのではないだろうか。

このまま泥のように眠ってしまいたくなる。けれど、そういうわけにもいかない。部屋に結界を張らなくては。ダニエルに認めてもらえなければ単位ももらえず、進級もできない。それに……。

重くなりそうなまぶたを持ち上げて、ぱっとベッドから起き上がった。

それになにより、あんなふうにダニエルに馬鹿にされては引き下がれないではないか。

ふっふっふ、とアレクシスは不気味に笑った。ダニエルは知らない。アレクシスには結界魔法に関しては誰にも劣らないという自信があった。なにしろ、魔法学校に入ってから一番力を入れて研究した魔法のひとつだ。精妙な術式を複雑にかけ合わせた、非常に解除困難な自慢のオリジナル魔法である。実際、魔法学校の教師からも絶賛されている。

「四大元素を司《つかさど》りし精霊、サラマンダー、シルフ、ウンディーネ、グノーム。我の呼び声に応え、その力を分け与えよ……」

扉の前に立ち、さっそく呪文を唱《とな》え始《はじ》めた。

四大精霊の力を借り、意識を集中して強大な魔力を練るようなイメージで結界を形作っていく。これが最初の基本的な結界だ。次に右手に魔力をこめて、壁と床全体を指でなぞるように紋様を描く。これが第二の防壁となり、侵入者を阻《はば》む。手でランダムに描くことにより毎回異なった術式の結界ができあがるので、解除のプロでも対策が立てにくいというのが強みだ。その上精霊たちの働きで三十秒ごとに図柄が動き、術式が微妙に変化する。解除を行うにしても、三十秒以内に完了しなければ初めからやり直しになるというわけだ。細かい紋様を部屋のすみずみまで、二十分以上かけて描き上げた。

（いつもならこれで充分だけど……もうひとつ、物理的な壁も作っておくか）

きちんと内鍵をかけた扉の前に立ち、軽く片手を触れて魔力をこめる。

「木精《もくせい》ドリュアス、我の呼び声に応えよ。神が創りし地上でもっとも硬く強靭《きょうじん》な樹木よ。堅《けん》牢《ろう》な壁となりて我を守り、いかなる者の侵入も許すことなかれ」

たちまち床から大きな木が生え、扉を覆いつくすように広がりながら伸びてぴったりと壁に張りついた。本来なら扉の外に設置したい結界だが、廊下を通りかかった人が仰天するだろうから仕方がない。エリシウム国内では見られない、暑い土地で育つリグナムバイタという木だが、優れた硬度と薬用の樹液を持つ、魔法使いにとってはおなじみの木だ。

「うーん……」

三歩下がって出来ばえを確認しつつ、考えこむ。

（もっと大きい木にしたいところだけど、床が抜けても困るしな……）

かなり硬い木なので、重量も相当なのだ。これで妥協するしかない。

「はあ、疲れた……」

魔力はたっぷりあるので（ダニエルが言っていた、六十万トリクルというのは本当だろうか？）いくら魔法を使っても消耗《しょうもう》はないが、今日は一年分走ったのではないかというほどの運動量だった。明日もなにが起こるかわからないし、とにかく早く休もう。

ランタンの灯《あか》りを消し、ベッドにもぐりこむ。白いシーツからは、ほのかにラベンダーの匂いがした。きちんと防虫をしている証拠だ。アレクシスはそっと微笑《ほほえ》むと、優しい薬草《ハーブ》の香りを吸いこみ目を閉じた。

＊

ダニエルは懐かしい写真を眺めていた。きちんと写真立てに飾られたそれには、まだ十代半ばのあどけない笑顔のローナとその兄、そして若き日のダニエルが写っている。ローナの兄、ウォレンが亡くなる少し前に撮られたものだ。ダニエルは当初写る気はなかったのだが、ローナにどうしてもと懇願《こんがん》されて応じたのだった。遠い遠い、幸せな日の一幕。

「お待たせ、ダニー」

扉が開き、ローナが入ってきた。ここは彼女の居室だ。部屋には小さな鏡台に花瓶、寝台があって、壁にかけたランタンがそれらをあたたかく照らしている。

「ああ、お疲れさん。片づけはもういいのか？」

「めずらしいお客様だから早く行きなさいって、母さんが言ってくれたのよ」

ローナはダニエルのすぐそばまで来ると、その顔を下からのぞきこんだ。

「あなたってば、手紙ばかりでちっとも訪ねてきてくれないんだもの」

唇をとがらせるローナに、ダニエルは苦笑した。

「悪い。お前からの報告、いつも助かってるよ」

「あれくらいお安いご用だけれど……あんなのが、役に立つの？」

「ああ」

ダニエルはローナがこの宿で働くようになってから、ある魔法具を置かせてもらっていた。一見すると、それはただの天秤《てんびん》だ。実際、店では勘定《かんじょう》をする際に、偽《にせ》の硬貨が使われないよう判別するために使用している。しかし特定の魔力に反応するようにできているこの天秤は、実は魔法政府機関特製の一級品だ。使用してもその場で魔法使いに感づかれる心配はほぼないと言っていい。


その仕組みはこうだ。国家資格登録をしていないもぐりの魔法使いが天秤を使うと、店の厨房にある水瓶《みずがめ》のなかの水の色が変わる。そうしたら厨房の主人は代金を受けとるローナに合図して、彼女は客の特徴を覚えておく。あとでダニエルに手紙で知らせるためだ。無免許魔法使いは数が少なく月に一度も来ないので、店にとっては大した手間ではないが、ダニエルの仕事には大きく影響している。


ローナはダニエルがなにか言ってくれるのを待っていたが、それが期待できないとわかると眉尻を下げて笑った。

「あいかわらず、仕事のことはなにも話してくれないのね」

「守秘義務があるからな」

「嘘よ。知ってるんだからね。あなた、退職したんでしょ？」

ダニエルはさすがに驚いた。

「誰に聞いた？」

「ジュリアさん。彼女、たまにお店に来てくれるのよ」

ダニエルは額《ひたい》に手を当てた。

「あいつ……」

それ以上、言葉が出てこない。まったく、なんだって彼女がここに？

ダニエルの思いを読んだように、ローナは言った。

「ジュリアさん、ほんとに優しくて良い人。土砂崩れで街道が使えなくなった時も、町のみんなと一緒に復旧作業をしてくれたのよ。魔法なしで五日間も。それって、魔法使いの人にとっては破格の行為なんでしょ？」

正式な魔法使いとして登録されている者は、魔法協会や政府からの仲介を通さなければ労働報酬を得てはならないという規定がある。でなければ犯罪や悪用を防げないからだ。魔法使いに仕事を頼むとそれなりの金額になるので、庶民は気軽にその手を借りることはできない。

つまりジュリアが手伝いをしたというのは、魔法使いとしてではなく、純粋に肉体労働をしたということだ。もちろん無償で。そしてそれは、公的に認められている優秀な魔法使いがしてくれるような行いではないのだ。

「彼女らしいな」

どうりで、この集落のそこここで守護の魔法がかけてあったわけだ。

この宿の看板にも、行き交う人間の目が留まるよう小さな魔法がかけられていた。これは白魔法の一種で、よく教会が「祝福を授ける」という名目で一般人に使ってくれる。簡単にいえば「交通安全」「商売繁盛」みたいなものだ。巡礼の旅をする修道魔法士も各地でお礼にとよく使う魔法なので、ダニエルやジュリアの敵対勢力の目に留まるということもない。

「ジュリアさんは、困ったことがあったら相談しなさいって言ってくれて、本当に町のみんなの生活に親身になってくれたの。それからよ、このあたりが潤ってきたのは。作物もよく採れるし、怪我人《けがにん》もほとんど出なくなって、もう何年も安心して暮らせているわ」

「それはよかったな」

ダニエルが目を細めると、ローナはふと黙って、真剣な顔をした。

「だからね、ダニー。もうお金は送ってくれなくていいわ」

ダニエルは驚いた顔をしてみせた。

「なんのことだ?」

「とぼけたってダメよ。兄さんが亡くなってから毎年、お金が入り用になる時期に必ず送ってくれるじゃない。それも、あんなにたくさん。他の誰がそんなことしてくれるって言うの?」

「ローナに惚《ほ》れてる、親切な誰かかもしれないぞ」

ダニエルはあくまで軽い調子で言った。

「その人がほんとに惚れてくれているのなら、私も嬉しいけどね」

ローナは笑顔でため息をついた。

「うちはもうずっと、お金に困ってないの。だからダニーの優しさは、他の誰かに分けてあげて」

ダニエルは紫水晶《アメシスト》のような瞳《ひとみ》でじっとローナを見つめた。

「赤ん坊が生まれたら、また必要になるだろう？」

ローナは目を見開いた。

「やだ。どうしてわかるの？」声がふるえ、瞳が揺れる。「まだ、誰にも言ってないのに」

ダニエルには、ローナのお腹に小さな命の光が宿っているのが見えていた。今日、最初に彼女を見た時からずっと気がついていた。命の光は魔力そのもの、そのきらめきはとても美しく、見ていて気持ちが良い。

「どうして誰にも言ってないんだ？」

うつむくローナに、ダニエルは優しく聞いた。

「まだ、確信が持てなかったから……ううん、認めるのが怖かったのよ。だって、ネイト……彼は、小さな妹や弟が四人もいるのよ。年老いたおばあちゃんも。八人の家族で食べていくのは大変なのよ。お父さんは猟師だけど、ネイトは子供の頃に目を悪くしてるから一緒に猟には出れなくて、出稼ぎに行って行商したりしてるわ……年の半分は家にいないの。とても宿屋の婿《むこ》に来てもらえるような人じゃないわ」

ローナはもとは、この宿の娘ではない。養子なのだ。ローナの兄、ウォレンが亡くなった時、彼女はまだ十六歳だった。早くに両親を亡くしていたローナはその時、天涯孤独《てんがいこどく》の身となってしまった。子供を欲しがっていたこの金の花穂亭の夫婦に、ローナを紹介したのはダニエルだった。同じ職場で働いていたウォレンが年の離れた妹のことをどれほど大事にしていたかよく知っていたし、ダニエルも彼女を家族のように思っていたからだ。

ウォレンは生前、よく言っていた。妹を学校に行かせるために自分は早くから働きに出てしまったが、本当はもっと一緒にすごしてやりたいのだと。ローナは人一倍寂《さび》しがり屋で、幼い頃はよく泣く子だった。けれどウォレンが就職してからは、月に数回しか会えなくても、一度も寂しいと言って兄を困らせたことはない。愚痴《ぐち》もわがままも一切言わない。兄想《あにおも》いの、優しい子なのだ。

ウォレンが殉職《じゅんしょく》し、最初は打ちひしがれて痛ましい様子だったローナも、十年かけて徐々に明るく立ち直り、今ではみなから愛される店の看板娘だ。けれどその一方で、彼女は家族に対して恩義を感じ、それを返さなければと思っている。

「きちんと、相談してみるんだな。ネイトにも、お前の家族にも。案外、なにもかもうまくいくかもしれないぞ」

「どうしてそんな、楽観的なことが言えるの？」

顔を上げ、ローナは少し怒ったようにダニエルを見た。その瞳は潤んで光っている。ダニエルは笑みを引っこめ、真面目に言った。

「お前が、みなを愛しているからだよ」

ダニエルの言葉に、ローナは言葉を失《な》くした。

「お前は、とても愛されているんだ。当たり前だ、お前がみんなを愛しているんだから。ウォレンもオレも、ローナを愛しているよ。お前は、大切にされていいんだ」

ローナの瞳から、涙がこぼれた。ダニエルはその肩を抱き寄せ、頭をなでた。細く、小さな肩だ。守ってやりたいと思うような。きっと彼女の相手もそう思うだろう。

「強くなれ。お前は母親になるんだろう?」

ダニエルの腕のなかで、ローナはうなずいた。

ダニエルは目を閉じて、あたたかさと、少しの苦い思いが胸に広がるのを感じていた。

ウォレンはわずか、二十七歳で殉職した。出世欲や自己顕示欲《じこけんじよく》とは無縁のおだやかな性格で、第一線で活躍するよりも、みなの安全と補佐に尽力することを大切にしていた。本人は「危険な任務には就《つ》きたくないので、ずっと給料の低い下っ端業務が希望です」なんて笑っていたが、それは妹を不安にさせたくなかったからだ。意欲に欠ける発言とは裏腹に仕事には実直で、どれほど多忙であっても手を抜かず、上層部から無理難題を押しつけられても、困難な作戦に活路を見出《みいだ》すことをあきらめなかった。なにより仲間の身を案じ、大事に想っていたからだ。

常に人の生き死にが関わってくる仕事だ。そんななか、ウォレンのような人間がどれほど貴重な存在か、一緒に働く者ならば身に沁《し》みてわかる。ダニエルも長年アイリーンやジュリア以上に信頼できる相手など見つからないと思っていたが、ウォレンは別だった。

だが結局、彼は命を落とした。とある難しい任務で、どうしてもウォレンの得意な暗号解析の魔法が必要だった。ウォレンが作戦に加わらなければ、他の人間の命が危険にさらされる。そんな状況で、彼が上司の要請を断るはずがなかった。

ウォレンが亡くなった時、ダニエルは同じ現場にいられなかった。自分がいれば果たして救えただろうかと、何度も自問した。どうして彼が任務に参加することを止められなかったのかと。そしてひとり残されたローナに、なにをしてやればいいのかと。

今でもまだ、ウォレンの死に納得はできていない。それでも、今夜ローナの新たな未来が——希望が垣間《かいま》見《み》えたことは、ダニエルにとって大きな救いのひとかけらとなった。

＊

——眠れない。

アレクシスはベッドのなかで悶々《もんもん》としていた。

どうしたわけか、疲れているのに目が冴《さ》えてしまって寝つけないのだ。しかもダニエルが戻って来ないので、結界魔法が合格なのか不合格なのかもわからない。

そして気がついてしまった。もしかして、ダニエルは初めからこの部屋に来るつもりなどないのではないか？　だって、そもそも「なじみの女に会う」とかなんとか言っていたではないか。つまりそのー、アレクシスが想像したくもないようなことが考えられるわけで、だったら自分が真面目に結界魔法を張ったのもまるで無駄だったというわけで……ああ、そんなことを考えていたらイライラして余計眠れなくなってきた。

アレクシスが静かに不服を募らせていると、廊下の床を踏む音がかすかに聞こえてきた。あれ、と思い耳を澄ませていると、部屋の外で誰かが立ち止まる気配。

（……ブラッグさん？）

アレクシスはそっと寝台から起き上がった。

うっすらと窓から差しこむ月明りが、わずかに室内の輪郭《りんかく》を照らし出している。部屋の外で鍵穴に鍵《キー》を差しこむ音がして、カチャリと解錠された。しかし外開きの扉を開けたとしても、リグナムバイタの木が入り口を塞《ふさ》いでいるのだ。さらには強力な結界が侵入を阻む。ダニエルはどうするのだろう？

アレクシスはドキドキしながらリグナムバイタを見つめた。

キイ、と扉が開く音がして、ダニエルの「お」という声が聞こえた。すると、しばらくしてリグナムバイタの木に音もなく穴が空いた。アレクシスは目を見張る。穴はだんだんと大きくなり、堅い幹《みき》を侵食していく。木が破壊されているのではなく、消えているのだ。オレンジの時と同じように、なんの痕跡《こんせき》も残さず。

わずか数十秒で天井まで届いていた木は消え失せ、ダニエルがなにごともない様子ですっと部屋に入ってきた。結界なんて存在しないみたいに、だ。

アレクシスがさらに驚いたことに、結界魔法はダニエルに消されたわけではなかった。結界はまったく破損されていないのに、その効力を発揮しなかったのである。まるでダニエルを排除する対象と見なしていないように、あっさり彼を通してしまったのだ。

「嘘だろ……」

呆然《ぼうぜん》とつぶやくと、「お前、まだ寝てなかったのか」といつもの調子でダニエルは言った。

「なんだ、もしかしてオレが結界を通れるか気になってたのか？」

ダニエルはぐるりと部屋を見回してから言った。

「難解な、いい術式だ。オレの知ってる熟練の結界魔法士も、これほどの結界はなかなか張れないと思うぞ」

「そんな簡単にすり抜けてから言われても、褒められた気がしませんよ……」

アレクシスはすっかりしょげ返っていた。

この七年間、魔法学校では常に成績首位を守り、努力だって人の何倍もしてきた。学生の身分とはいえ、正式な魔法使いにも引けをとらない実力があると思っていたのだ。それなのにダニエルの腕前に少しも敵《かな》わないなんて、情けないではないか。

「いちいち落ちこむな、面倒な奴だな」

アレクシスは疲れも忘れ、むきになって言った。

「俺は真剣なんですよ！　夏季休暇中《かききゅうかちゅう》にこの徒弟実習の単位が取れなければ留年なんですから！」

「はいはい、そうだったな。なら明日に備えてさっさと寝ろ」

ダニエルは靴を脱いでベッドに上がった。気勢をそがれたアレクシスは、ふと思い出して言った。

「今夜は、戻って来ないのかと思いました」

「あ？」ダニエルはふり向いた。「なんでだ？」

「えっと……」

すぐには答えられないアレクシスに、ダニエルは急に合点がいったように人の悪そうな笑みを見せた。

「オレがローナとよろしくやってると思ったんだな？」

アレクシスは真っ青《まっさお》になる。

「いやっ！　その！」

しまった、やぶへびだった。

ダニエルは背を向けてごろんと横になると、つまらなそうに言った。

「オレにとってローナは、妹みたいなもんだ。ローナの死んだ兄貴が、オレの恋人だったからな」

「……そうだったんですか」

それならなぜ、初めに男女関係を匂わせるようなことをわざわざ言ったのか。意味がわからない。……ん？　兄？

アレクシスが首をひねっていると、目の前のダニエルの姿が変わった。巻き毛の男性から、いつもの小柄な少女へと。

「なっ……」

アレクシスはとたんに動揺した。暗い密室に女の子とふたりきり。一番避《さ》けたいと願う状況だ。

「光精霊《ウイルオウイスプ》！」

思わず叫ぶと、部屋にパッと明るい光の玉が出現する。

「ちょっ……ブラッグさん！」

「なんだよ、うるせぇな。つーかまぶしいぞ」

「なんだじゃありません、どうしてまたその姿になるんですか！」

「夜中にわめくな。人の勝手だろ、ほっとけ」

「ほっとけないから言ってるんです！　俺は女の子と同じ部屋に泊まるなんてできませんよ！」

言ったあとで、わざわざ自分の弱点をばらしてしまったかと思いあわてた。

――いや、大丈夫だ。これは常識を諭《さと》しているも同じで、特におかしな発言ではないはず。

少女の姿のダニエルはベッドの上にあぐらをかいて座ると、無表情で言った。

「なんだ。かわいい女子がとなりにいると思うと、ムラムラするか」

「しません！　そうではなくて……、あ、いや、しないですけど、困ります！　当たり前じゃないですか」

これ以上問答が続いて、女性恐怖症を見抜かれたらどうしよう、と戦々恐々とするアレクシスだったが、ダニエルは案外あっさりと「それもそうか」と言った。

「ちょっと待て」

そう言うと、目を閉じる。すると、ダニエルの姿がまた変化した。

「あ……」

「これでいいか?」

目を開けてダニエルが言った。その声は、少し若い。ブルネットの巻き毛の、十代半ばほどの少年。グラングラス魔法学校の制服を着ている。卒業アルバムの写真にあったのとそっくりな、二十五年前のダニエルだ。

「……ブラッグさんが在学中の時も、その制服だったのですか？」

「いや。そういえば、オレの時はリボンタイだったな」

そう言うと、今度は黒のネクタイが消え、細いリボンが現れる。アレクシスはその光景にまばたきをした。

「オレは自分の記憶にあるものにしか化けられないんだよ。制服は、昔を思い出すよりお前のを真似たほうが早いからな」

――では、普段の少女の格好も、実在する誰かなのだろうか？

「どうしてわざわざ、自分じゃない姿になるんですか」

ダニエルは無言で微笑んでみせた。冷たくもあたたかくもない、心の内が見えない笑みだ。

「オレの使う魔法は、繊細で難しいんだよ。攻撃魔法を消すのも、結界を通過するのも、日々の反復練習があってこそだ。自分の姿を変化させ、それを保つのは特に有効な訓練法だ」

魔法。やっぱり、ダニエルの起こす不思議な現象は魔法の一種なのだ。

けれど、どうやってそれを行っているのだろう。たった十トリクルの魔力量で？　そしてダニエルはなぜ、その方法を選んで使っているのか？

アレクシスの胸にたくさんの疑問が湧き起こり、ダニエルに質問を浴びせたくなった。だがそれを制するように、ダニエルが笑みを消して言った。

「ところでお前、どうして眠れなかったんだ？」

「え……」

なぜそんなことを聞くのだろう？

十四歳のダニエルは少女の姿の時と変わらない、すべてを見透かすような紫水晶《アメシスト》の瞳でこちらをじっと見て、静かに言った。

「お前、人が死ぬのを見たのは初めてか？」

アレクシスは驚いた。どうしてダニエルは、なにもかもお見通しなのか。

声も出せなかったが、アレクシスの気持ちの揺れに応じて、空中に浮かんだままの光の玉が輝きを強めたり弱めたりする。

――そうなのだ。先ほど寝ようと思い目を閉じた瞬間、マーシー・ヘザーが死んだ時のことが突然脳裏によみがえったのである。彼女の地獄の底から発せられたような断末魔の叫びが、耳から離れない。

（それに……）

アレクシスは忘れていなかった。ヘザーが「ダニエルに同胞を殺された」と言っていたことを。それもたくさん。ダニエルは、人を殺しているのだ。

アレクシスの顔色を見て、ダニエルは言った。

「……悪かったな」

その声音は意外にも、労わるようなあたたかさを含んでいた。紫色の瞳は静かで、凪《な》いだ湖面のようにおだやかだ。

(もしかすると、この人は……)

本当は、とても優しい人なのかもしれない。ダニエルの本心はいつも見えにくいが、時おり見せる気遣いのまなざしは、仮そめのものではないように思える……。

アレクシスは、知らず硬くなっていた体の力を少しだけ抜いた。

「いいえ。世のなかには、あんな形で亡くなる人もいるのだとわかっています。俺が知らないだけで、毎日、様々な形でたくさんの人が亡くなっている……。だから、それを実際に目にしたことは……多分、悪いことではないのだと思います」

アレクシスの言葉に、ダニエルはなにも言わなかった。どうも、黙っているダニエルはなにを考えているのかまるでわからない。

——でも、なぜだろう。今なら昼間ははぐらかされてしまった質問にも、答えてもらえそうな気がする。

「ブラッグさん。あの、マーシー・ヘザーと名乗っていた人は……何者だったのですか?」

ダニエルはアレクシスの表情を見ながらゆっくりと言った。

「知らないほうが身のためだぞ」

「知らないままだと、今夜はずっと寝つけませんよ」

ダニエルは視線をそらすと、息をついた。

「あのババアの年齢《とし》を考えれば、戦争体験者だっていうのはわかるだろ。終戦から何年経《た》とうが、ああいう輩《やから》はごまんといる。あいつらのなかでは、戦争は終わっちゃいないってことだ」

「反体制派の過激派ってことですか？　でも、わかりません。五十年前、エリシウム《このくに》は和平成立に向け君主制を廃止し、大公はみずから玉座を退いて世界初の共和制への移行を実現した……。戦争を始め、終わらせなかった人々はもう誰も権力を持っていないし、政治にも関わっていない。過去の報復をするにしても、相手を間違えているとしか思えません。エリシウム国内で抗争をする意味はあるのですか？」

「魔法だけじゃなく、政治や歴史についてもよく勉強しているようだな」

「茶化さないでください」

「感心してるんだよ。いいから、お前はもうその利口な頭を働かせるな」

「どうしてですか。なぜ教えてくれないんです？」

「お前がこちら側の人間じゃないからだ」

食い下がるアレクシスに、ダニエルは目の前で扉を閉ざすように言った。あまりにもきっぱりとした強い口調に、少なからずショックを受ける。

「俺が……学生で、半人前だからですか」

「そういう意味じゃない。お前は一生、人殺しなんてしないだろ？」

意表を突かれ、言葉を失ったアレクシスに向けて、ダニエルはうっすらと笑った。その微笑みはひんやりとしていて、どこか恐ろしい。

「そういうことだ。オレとお前じゃ、住む世界が違う。お前はそのまま、そっち側にいろよ」

ダニエルの言葉は、拒絶や命令ではなく……なぜだか、願望のように聞こえた。今しがた抱《いだ》いた恐怖が、ゆっくりと溶解する。

アレクシスは考えこんだ。

（この人が俺のためを思って言ってくれているのはわかる……でも俺は、本当になにも知らなくていいのだろうか？）

五十年前に魔法戦争を終結させた曽祖父《そうそふ》。その偉業に恥じぬよう、スワールベリー一族として世のなかに貢献《こうけん》できることをしなければと、幼い頃からずっと思っている。

そして曽祖父が実現したはずの和平成立が、本当の意味で叶っていないのであれば……。

「また、小難しいことを考えてやがるな」

「え」

顔を上げると、ダニエルはベッドから軽やかに床へ飛び下りた。裸足《はだし》のままアレクシスの前に立って言う。

「明かりを消して、横になれ」

「え……」

命令口調に思わず身がまえてしまい、出現させたままでいた光の玉がチカチカと瞬《またた》いて、消えるどころか輝度を増した。

「とって食いやしねぇから、早くしろ」

面倒くさそうに言うダニエルに「はあ……」と言いながら光精霊《ウイルオウイスプ》に（散っていいよ）と命じる。光はきれいに霧散《むさん》した。

言われたとおりベッドに横になったが、暗闇で枕もとに仁王立ちするダニエルに見下ろされ、まるで気が休まらない。十四歳の姿のダニエルはアレクシスよりずっと背が低いが、この迫力はなんなのだ?

「あの、怖いんですけど……」

率直な抗議をしてみたが、見事に無視される。

ダニエルは落ちついた声で言った。

「オレが初めて死体を見たのは、九歳の時だった。死んだのはオレの両親だ」

声を失うアレクシスに、ダニエルがふっとおだやかに笑う気配がした。

「それからしばらくは、悪夢にうなされて眠れなくなった。それが、今ではちゃんと毎晩眠れている。簡単な心理療法――瞑想《めいそう》なんかを毎日続けてな。とある魔法使いがオレに教えてくれた」

治癒魔法《ヒーリング》じゃなくて瞑想法《メディテーション》? 魔法使いが使うなんてめずらしい話だ。

「どんな方ですか?」

「アイリーン・ヒロタ。オレの師匠だ。東方の血を引いた、早咲きの魔法使い」

アレクシスはピンときた。

もしかして、ダニエルがいつもとっている少女の姿は……。

「目を閉じろ。瞑想の誘導をしてやるから」

もう少し詳しい話を聞きたかったが、アレクシスは素直にまぶたを下ろした。

「ゆっくり、楽に呼吸をしろ。鼻から息を吸って、口から吐く。吸うのは少し、吐くのはたくさん。胸式ではなく、腹式呼吸だ。呼吸のリズムが一定になるように」

言われたとおりに息をしていると、すぐに心身の緊張がほぐれてくるのを感じた。

「そのまま深い呼吸を保ちながら、周囲の魔力に意識を向ける。お前のそばにはどんな精霊たちがいて、どんな魔力を感じる？」

アレクシスは精霊の存在を意識した。最初に感じるのは、力を持った四大精霊——風精シルフ、地精グノーム、水精ウンディーネ、火精サラマンダー。そしてその向こうに、この地に息づくたくさんの精霊の気配を探っていく。水精ナイアス（ウンディーネとは気質《きしつ》が異なる）、木精ドリュアス、森精アルセイス……精霊たちは静かでありながら騒がしく、生き生きとしながら眠っているようでもあり、混沌《こんとん》としたその生命力は自然と調和し、また自然そのものでもある。心地がよい——とても。

「精霊たちの魔力を充分に感じたら、今度は自分の魔力に感覚を向ける。体のなかをめぐる、

魔力のエネルギーを感じろ。ゆっくりとその流れに意識を乗せ、しだいに精霊の魔力と同調させていく」

アレクシスは、言われるままに魔力の波長を合わせていった。自分の魔力は、普段体内の脈動を意識することがないように、ほとんど注意を払うことがない。力を抜き、ただおだやかに魔力の流れを感じていると、頭のなかがすっきりと澄みきったように冴え、それでいて体は眠る直前のようにリラックスした。

「自然の魔力と自身の魔力を調和させ、ひとつの流れにしたら――己の意識を手放すんだ。お前という自我は魔力のなかに溶け出し、その流れに乗っていく。やがて自己という概念《がいねん》はなくなり、お前は魔力と一体になる。そして肉体という物体もなくなり、ただ魔力そのものになる」

それはありえないことだ。ダニエルはアレクシスをリラックスさせるために、イメージをさせているだけ――それなのに、アレクシスは本当に自分の存在が魔力というエネルギーになってしまうような気がした。

いや、気のせいではない。体が端から霧のように軽くなって消えていき、大気に溶けこんでいく感覚……。

アレクシスの意識はゆっくりと薄れていき、そのまま深い眠りに落ちていった。

＊

次に目を覚ますと、窓から明るい陽《ひ》ざしが差しこんでいた。

アレクシスがまず思ったのは、自分の体がちゃんとある、ということだった。昨夜は本当に、自分が自然の魔力そのものになったと思ったのだ。こうして昨日までの自分となにも変わらない姿でいることが不思議であり、なぜか残念でもあった。

かたわらを見ると、となりの寝台はからだった。部屋の結界は昨夜と違《たが》わず、破られることなく効力を発揮し続けている。一瞬、ダニエルとのやりとりはすべて夢で、彼は一度もこの部屋に帰って来なかったのではないかと思った。けれど、リグナムバイタの木は消えているし……やはり、夢ではなかったのだろう。

アレクシスはベッドから出ると窓辺に立ち、窓を上にスライドして開けた。朝の静謐《せいひつ》な空気が入ってきて、ゆっくり深呼吸する。

鳥の声、木々の香り、陽光のきらめきとあたたかさ。アレクシスの頭はすっきりとして、魔力も充填《じゅうてん》満タン、昨日あれだけ消耗したのに、体の疲れもすっかり癒えていた。これは瞑想の効果なのだろうか？

「起きたか」

不意にダニエルの声——少女の時のアルトの響き——が聞こえ、どこにいるのだろうとアレクシスはきょろきょろした。

「危ない。ちょっと下がれ」

え、と声に出す間もなく、屋根のへりから白い脚が突き出され、かと思ったら片手一本で屋根にぶら下がった少女が遠心力を使って勢いよく部屋に飛びこんできた。

「わあっ！」

驚いて横に飛びのくアレクシスのそばをかすめて、ダニエルは見事に室内に着地した。せまい窓のすき間をよくぶつからずに通り抜けたものだ。というか、結界が張ってある部屋にそう易々《やすやす》と出入りしないで欲しい。

「……ブラッグさん。なにしているんですか」

「屋根の修繕《しゅうぜん》だよ。一部脆《もろ》くなっていたからな」

ダニエルの手には工具箱があった。魔法使いが大工仕事？　アレクシスは唖然《あぜん》とした。工具を使う熟練の魔法使いなんて聞いたことがない。魔法で直すほうがずっと早いからだ。

こちらの驚きを知ってか知らずか、ダニエルは一瞬で男性の姿に戻ると、

「五分で仕度《したく》しろよ。すぐに発《た》つ」

と言って、呆気《あっけ》にとられたままのアレクシスを置いて部屋を出ていってしまった。

＊

朝食もとらずに出発するのだろうか?

そう思っていたのだが、なんと宿の主人が大きなバスケットいっぱいに弁当を作ってくれていた。朝と昼の分だ。アレクシスはそれを受けとりながら、昨夜眠れずにいたあいだに作っておいたものを渡した。

「軟膏《なんこう》です。手荒れやあかぎれに効くので、よろしければ使ってください」

昨日食事した際に、給仕をしてくれたおかみさんの手がひどく赤くなっていたことが気にかかっていたのだ。魔法使いたるもの、いつでも人の役に立てるよう、薬作りの材料を持ち歩いているものである。

まあ、それは遠い昔の話で、庶民でも安価な薬が手に入りやすくなった今では誰もそんなことはしていない。アレクシスが古い風習にならっているのは、めずらしい薬草や基材をそろえているのがいかにも魔法使いらしくて気に入っているからだ。おかげで安息香《ベンゾイン》と蜜蝋《みつろう》を使った、黄金色《こがねいろ》の香り高い薬用軟膏を作ることができた。

「ありがとうございます。さすが、お国の魔法使いのお連れ様はできた方だ」

宿の主人の言葉に、アレクシスは目を見張った。

（お国の魔法使い？　それって……）

アレクシスはダニエルに聞こえないように——彼はおかみさんと談笑中だ——声をひそめて聞いた。

「ブラッグさんは、政府で働いているのですか？」

「ああ、そうじゃないのかい？　ローナの兄さんは、あー、なんだったかな。内務省？　の、捜査官だったそうじゃないか。ダニエルさんは同僚だったと聞いているよ」

アレクシスは仰天した。内務省の魔法捜査官！

実は、エリシウム魔法協会の認定資格を取得せずともこの国の魔法使いになれる方法がある。エリシウム共和国内務省魔法庁の国家公務員になる道だ。

魔法庁とは、終戦後に魔法軍部に代わって設立された、エリシウム国の安全保障を担う機関である。政府所属の役人である彼らは、戦闘魔法の使用制限などの一般規制に縛られることがないため、魔法協会に所属する「魔法使い」とは区別されている。捜査官と言ったら、魔法庁の警察機関である魔法捜査局に勤めているということだ。

魔法捜査官——多くの難関試験と適性検査に合格し、養成所で過酷な訓練をやりきったわずかな者だけが、その候補生になれる。そう、捜査官として正式採用されるには、さらに実地研修という下積み期間を乗り越え、やっとその地位をつかむことができるのだ。つまり、魔法使いのなかでもエリート中のエリートである。

（どうりで、俺なんか足もとにも及ばないはずだよ……）

魔法協会所属の魔法使いのなかには、魔法公務員を「政府の犬」と呼んで嫌う者もいる。魔法使いの多くは、終戦にともない政府に爵位と領地の返還を強《し》いられた元貴族なので、魔法庁に反感を抱いている人間も少なくないのだ。

魔法公務員はかなりの高給取りな上、法律上の権限をふりかざすこともしばしばだ。それに比べて魔法協会所属の魔法使いは実入りも少なく、持ちつ持たれつの共同精神で成り立っている。両者が反目してしまうのも無理からぬことなのだろう。

グラングラス魔法学校でも、魔法公務員を悪《あ》しざまに評する学生は少なくないのだが——それは魔法公務員の多くが実力をともなった「本物の魔法使い」だからではないかと、アレクシスは密かに思っていた。

納得がいったというか……放心してしまった。

マレットも、どうして教えてくれなかったのだろう。まさか、そんな役職の人のところへ徒弟実習に行くとは想像がつくはずもない。

（いや、もしかすると……言えなかったのかもしれない）

ダニエルがどんな仕事を担当しているかわからないが、極秘任務に就いている可能性だってある。そうであれば、職業が簡単に言えないのもうなずける。

それにしても……ああ、そんな立派な人だったとは思いもよらなかった。そうとは知らず、色々失礼な言動をしてしまったかもしれない。だってダニエルの態度は政府の捜査官を思わせるようなところはまったくないし……あぁー、本来なら、アレクシスだって徒弟先では礼儀正しく挨拶しようと思っていたのだ。お近づきの印にと、めずらしい東方の銘茶《めいちゃ》を持参していたし……ダニエルが喜ぶ顔がまったく想像できないので、今後も渡す機会はないと思われるが。

アレクシスが悶々と悩んでいると、いつのまに背後にいたのか、ダニエルに「おい」と声をかけられ悲鳴を上げそうになった。

「人の詮索《せんさく》とは感心しないな？　優等生？」

地獄耳だ。皮肉っぽく笑うダニエルに、アレクシスは冷や汗を流しつつ「すみません……」と小声で謝った。

まだ朝の早い時間だったが、宿の主人とその両親、おかみさん、ローナと、家族総出で見送りに出てくれていた。店の前に並んだ面々を見て、アレクシスはローナの両目が赤いのに気がついてドキッとした。彼女がダニエルを見つめる瞳には、とても想いがこめられている。

（もしかして……）

昨夜、ローナはダニエルに告白してフラれてしまったのだろうか。思わずそんなことを邪推《じゃすい》してしまう。

「ダニー」

ローナはダニエルの前に立つと、笑顔を見せた。けれどそれは、昨日食堂で働いていた時に見せていた屈託《くったく》のない太陽のような笑みではなく、寂しさを上手《じょうず》に隠そうとする、大人の女性の微笑みだった。

「これでもう顔を見せない、なんていうのはなしよ。ちゃんと会いに来てね」

ローナの言葉に、ダニエルは苦笑した。それを見てアレクシスは、ダニエルが本当に会うのはこれ切りにしようと思っていたのではないかと思う。

「ああ。ちゃんと妹の幸せを確かめに来るよ」

ダニエルが言うと、ローナはダニエルの首に腕を回して抱きついた。ダニエルは笑って彼女の背中を抱き返すと、その頬にキスをする。アレクシスはなぜかその光景にどぎまぎして目をそらした。アレクシスの故郷では挨拶でキスをする習慣がないので、こういう場面はどうも落ちつかない。

ダニエルは抱擁《ほうよう》をとくと、アレクシスに「行くぞ」と言ってあっさり歩き出してしまった。アレクシスは目を丸くしたが、宿屋の面々に「お世話になりました」と告げ、釈然《しゃくぜん》としないままダニエルを追いかけた。

「……よかったんですか、ローナさんのこと」

横に並んで歩き、思わずおせっかいなひと言がこぼれ出る。

ダニエルは横目でアレクシスを見ると、軽く鼻で笑った。

「余計な勘ぐりしてんなよ、ガキ」

アレクシスは赤くなったが、どうやらダニエルがまったく気分を害していないようなので、内心ほっとしていた。

「ブラッグさんが政府の捜査官だったなんて、知りませんでした。どうして教えてくれなかったのですか?」

「捜査官じゃない。とうの昔に退職してる。今は魔法協会にも認定されていない、無免許魔法使いだよ」

「え……」

当惑するアレクシスに、ダニエルは立ち止まり、わざとらしくにっこりしてみせた。

「残念だったな。お前の単位取得も、認められないってわけだ」

「えええぇぇぇ――っっ⁉ 嘘ですよねっ?」

血相を変えるアレクシスに、ダニエルは今度は真顔で言った。

「嘘じゃない。なんなら協会に問い合わせてみろよ。ダニエル・ブラッグなんていう魔法使いは登録されていない。オレが呪文を唱えてるところ、見たことあるか?」

アレクシスの頭は真っ白になった。呪文が必要な高度な魔法は原則、エリシウム魔法協会に登録している魔法使いでなければ使えない。協会が精霊との契約を一括《いっかつ》して仲介しているからだ。

(そんなそんなそんな……俺の昨日一日の時間と労力は一体……)

目の前がぐるぐると回って真っ暗になりそうだったが、

「ま、その辺はサラ・マレットがなんとかするって言っていたから、大丈夫だろ」

というダニエルの言葉に、遠くなりかけていた意識が戻ってきた。

（またからかわれた……）

文句のひとつでも言ってやろうと口を開けたところ、どこからか鳥の羽ばたきが聞こえてきた。ダニエルが左腕を上げると、そこへ一羽の鳥が降り立つ。

「あ」

森のなかでも見た、魔法の手紙の鳥だ。

鳥はダニエルにしか聞こえない、涼やかな女性の声でしゃべり出した。

『解毒剤は回収したわ。お手柄よ、ダン。組織の毒魔法には研究班も長年手を焼いていたから、みんな喜んでいるわ。多少予定は狂ったけれど、こちらも予定どおりに作戦を進められそうよ。連れの迎えは支局からふたり、国境手前の町へ行ってもらうよう手配したわ。昔あなたに現地調査の依頼がきていた、例のあの町よ。合流はいつもの方法で。以上』

言い終えると、鳥は煙《けむり》のように消えた。

ダニエルは右手に持っていたトランクから魔法紙をとり出すと、相手に返事を伝えるためにしゃべり始めた。一応、紙で口もとを隠しながら。アレクシスに読唇術《どくしんじゅつ》が使えるとは思えないが、内容はなるべく知られないほうがいい。

『迎えの件、了解した。助かる。二日後には到着するようにする。オレはひとりになったらすぐ首都に戻って、本来の作戦どおりに動くつもりだ。ソルフォンスに潜伏中の奴らの情報をつかんだら教えてくれ』

最低限のことを言い、紙を折りたたもうとしたが、ふと思い直して言葉を続けた。

『……ジュリア。ローナが近々、結婚しそうだ。新しい命が宿っている。君が顔を見せたら、ローナも喜ぶだろう。祝ってやってくれ。それから……ありがとうな。本当に、感謝している』

言い終えると急に照れくささがこみ上げてきて、ダニエルはやや乱暴に紙を折りたたんだ。

本来なら、ダニエルは感謝や愛情を伝えることを惜しまないほうだ。人間、いつ死ぬかわからない。だから大事な相手には、その気持ちを率直に伝えてきた。

だが、ジュリアだけは例外だ。彼女の前ではためらいが先行してしまい、本音で向き合うことが難しくなる。

理由はわかっている。素直になれないのではなく……言うべきではない想いまでをも、伝えてしまいそうになるからだ。

魔法紙をたたみ終えると、紙は瞬時に鳥に変化して飛んでいった。青空に向かって小さくなる影を見届けながら、ダニエルはいつもの少女の格好へと姿を変えた。

(――アイリーンが生きていたら、こんなオレになんて言っただろうな)

そう自嘲《じちょう》すると、ふり向いてアレクシスに「行くぞ」と言った。

第四章

救援要請
「俺も行きます！」

THE ROAD TO WIZARD

一体、ダニエルと自分はどこに向かっているのだろうか。

徒弟《とてい》実習二日目の昼前。アレクシスは疑問を抱《いだ》いたまま、長い黒髪を揺らして歩く少女の後ろ姿を眺めながら進んでいたが、急にその道のりに急展開が起こった。

それは人も獣《けもの》も見当たらない、だだっ広い平原を歩いていた時だった。草を踊らせる風に混じって、魔力の波動が強く飛んでくるのを感じた。

「これは……」

誰かが魔力を使ってコンタクトをとろうとしている。通信魔法だ。

アレクシスが知らせる前に、ダニエルは自分のトランクを開けて妙《みょう》な物をとり出していた。

緑色の……植物で作ったなにかの道具？

「なんですか？　それは」

「竹の水筒《すいとう》。水魔法の交信に使えそうなのが、これしかないんだよ」

「ずいぶんめずらしい物を持っているんですね……」

普通水筒《ウオーターボトル》といえば、動物の胃袋を使った革製の水袋である。今朝、金《きん》の花穂亭《かすいてい》の主人が持たせてくれた物もそうだ。

　ダニエルは小さな飲み口の栓を外すと通信魔法を受信した。これだと魔法紙による鳥の手紙と違いアレクシスにも通信内容が聞こえるが、かまわないのだろうか？

「こちらブラッグ。なにかあったか？」

　小さな水筒のなかから、涼やかな女性の声が答えた。

『ダン。あなたに頼みたいことがあるの。予測課が本日正午頃に、ニクス山麓《さんろく》で大規模な地震が発生し、土砂災害と落石、家屋倒壊が起こると予言したわ。死者多数よ。救助活動に加わってくれない？』

　アレクシスは驚いてダニエルを見た。予測課とは、魔法庁災害対策局防災管理部にある、自然災害を防ぐための組織だ。魔法公務員が常に予知魔法で危険を予測している。

　ニクス山麓は、西方国と東方国とを分ける広大なマグナニクス山脈にある山麓のひとつだ。そこに住んでいるのは、東方から山を越えて集落を築いた移民だ。厳しい気候のなか、貧しい暮らしをしていると聞いている。

「救助隊は間に合わないのか？」

『特別高度救助隊員二十名を転移魔法で派遣《はけん》するそうよ。それ以上は現地に受け入れる魔法陣がないから無理だわ。多くの死傷者を出すことはきっと避《さ》けられない』

　ダニエルは険しい顔をして言った。

「ジュリア。オレがニクス山麓に向かったら、今回の作戦には加われないかもしれない。いいのか？」

『わかっているわ。あなたが抜ければ、おそらく任務は厳しくなる』

「ニクス山麓で命を救えたとしても、テロを阻止できなければ、大量の人間が死ぬことになる」

『そうよ。だからこれは上からの指示じゃない。私が個人的に頼んでいるの』

ふたりのやりとりを、アレクシスは息を呑《の》んで聞いていた。こんな重大な話を自分が知ってしまっていいのだろうか。

ダニエルはいら立ちを押し殺したようなアルトの声で言った。

「ジュリア、わかっているな？　オレは、アイリーンがいた頃とは違う。治癒《ちゆ》魔法は使えないし、人を下敷きにしている土砂や岩を魔法でどけてやることだってできないんだ」

『けれどあなたなら、瓦礫《がれき》に埋《う》もれて声も出せない重傷者を見つけることができる。そうよね？』

ジュリアの声は落ちついているが、静かな熱意がこめられていた。彼女は本当なら、自分が救助に向かいたいのだろう。ダニエルがさらになにか言おうとしたところで、アレクシスは口を開いた。

「俺が手伝います」

ダニエルが驚いたようにこちらを見る。アレクシスはその瞳《ひとみ》をしっかりと見つめ返して言った。

「創傷《そうしょう》治癒の魔法なら、速度と正確さには自信があります。災害訓練の授業も今年とったばかりです。重量物質移動の魔法は、二トンまで持ち上げたことがあります。決して邪魔にならないようにしますので、手伝わせてください」

アレクシスは、よく考える前にこんな発言をしてしまった自分自身にびっくりしていたのだが——ダニエルが無理な要求をされていら立っているのではなく、そうしたいのにできない自分をもどかしく思っているように見えてならなかったのだ。天災に見舞われる人々がいるとわかっていて、見過ごすことなんてできない。黙っていられなかった。

それに、おかしな話なのだが、いくら中身が三十九歳の男性だとわかっていても、目の前で華奢《きゃしゃ》な少女が悩んでいると反射的にかばわなければならない気がしてしまう。女性恐怖症だとはいえ、「あなたは紳士なのだから、どんな時でも女性には優しくありなさい」と母親に言われて育ったアレクシスは、本来フェミニストなのだ。

ダニエルは静かに言った。

「本物の災害現場は、訓練とはわけが違うぞ」

脅しではなく、こちらの意志を確認する声音だった。アレクシスは力強くうなずく。

ダニエルは水筒に向かって言った。

「了解した、ジュリア。だが、ニクス山麓までは距離があるぞ。どうする？」

アレクシスはすかさず言った。

「転移魔法陣を使います。詳しい座標を教えていただけますか？」

『術式が難しいわよ。正確に描ける？』

「大丈夫です、失敗はしません。魔法陣の正確な描写は、グラングラス魔法学校創立以来歴代一位の成績です」

それも二位とは大差をつけて、と言うと、水筒のなかからさわやかな笑い声が返ってきた。

（きれいな声の女性《ひと》だな……）

なんとなく、美人で仕事のできる女性を想像してしまう。

『優秀な連れがいてくれてよかったわね、ダン。では、名門魔法学校の生徒君。今から座標と魔法陣の術式を教えるから、メモしてちょうだい』

ジュリアが伝える情報を、アレクシスはひとつももらさないように真剣に聞きとった。そして水魔法の通信を終えると、すぐに足もとの草をとり除き、小石をどけて地面を平らにならす。魔法陣を正確に描くためだ。

輸送設備が整っていない場所への長距離転移は、難度の高い魔法だ。わずかなミスで大幅に座標がずれたり、目的地とは異なる場所に放り出されたりもする。それだけならまだしも、転移先で魔力が暴走して、人や物を傷つけてしまうことだってあるのだ。

（緯度、経度、距離、時間、速度、風速、気流、気圧、気温、そして魔力濃度と魔力流……）

ひとつひとつ、確認しながら手早く描き上げていく。なにしろ、これらの数値は絶《た》えず変化してしまうもの。そのためジュリアには、魔法で二十分後の数値を予知したものを教えてもらっていた。つまり、きっかり二十分後に発動させなければ、この魔法は無効なのだ。絶対に、その時間に間に合わせなくてはならない。

「できました。ブラッグさん、どれでも好きな惑星の円に入ってください」

アレクシスの集中を乱さないよう、それまで黙っていたダニエルは音もなく地面を蹴って月を示す図柄のなかに降り立った。アレクシスも陣の模様を壊さないように、慎重に中央――水星の円のなかに立つ。ベストのポケットから懐中時計をとり出して、時刻を確認。

「残り五秒です。三、二、一」

魔法が発動し、魔法陣は膨大《ぼうだい》な魔力の奔流《ほんりゅう》に包まれた。周囲の景色がにじんだように不明《ふめい》瞭《りょう》になり、それが高速で動いていく。急流の川底から空を眺めつつ流されたら、こんな視界になるだろうか。ともかく転移魔法は無事に発動した。このままいけば、ニクス山麓まで二百九十五秒で到着する。

（正午までは残り三分半か……）

地震発生時刻には間に合わないかもしれない。

アレクシスはダニエルを見た。魔法陣が発する光に照らされ、黒髪の少女は幻想的な姿で月を模した図柄の上に立っている。それを見つめながら、先ほどの通信魔法のやりとりを思い返した。

（ブラッグさんは、治癒魔法が使えない……それだけでなく、重量物質移動もできない）

元魔法庁所属の魔法使いなら容易《たやす》いはずの基本魔法だ。どうして使えないのだろう？

そう考えて、ダニエルの魔力量が十トリクルだという話を思い出した。もしそれが本当なら、確かに災害現場では圧倒的に魔力が足りないだろう。

（でも、ブラッグさんはオレンジを自在に消していた。あんなふうに、瓦礫や土砂を消すことはできないのだろうか？）

ダニエルに聞いてみたかったが、口にするのはためらわれた。年長の魔法使いに向かって「あなたは魔法が使えないのですか？」なんて不躾《ぶしつけ》すぎる。

悩んでいると、それまで伏し目がちに発光する魔法陣を見つめて沈黙していたダニエルが顔を上げて言った。

「優等生」

「はいっ？」

あわてて返事をしたあとに、アレクシスです、と訂正しようと口を開いたが、その前にダニエルが言った。

「無理はするな。気分が悪くなったら言え。休みたくなったら、我慢するな。わかったか？」

一方的に言われ、思わず反発して「大丈夫です」という言葉が喉まで出かかった。けれどダニエルが真剣な目をしていたので、思い直して「わかりました」と静かに返事をした。

ダニエルはそれを聞くと、再びまぶたを伏せ気味にして黙った。あんまり静かなので、なんだか心配になってくる。

「あの……ブラッグさん?」

「なんだ」

「その……今さらですけど、差し出がましい真似《まね》をして、すみません。俺、ブラッグさんの足を引っ張らないようにしますので……」

歯切れ悪くもごもごと言うと、ダニエルはあきれ顔になった。

「本当に今さらだな。なんだよ、怖気《おじけ》づいたのか?」

「そうじゃありません! ただ、学生の分際でずうずうしかったかと……」

礼を欠いていたかと気にするアレクシスに、ダニエルは「お前、本当に面倒な奴《やつ》だな」とばっさり切り捨てると言った。

「お前の意志は立派だよ。ただ、それと現場で働けるかっていうのは、まったくの別問題だ。オレはお前が使い物にならなくても、怒らない。オレがどう思うかなんてくだらねぇこと気にしてないで、目の前のことに向き合え」

「はい……」

ダニエルがめずらしく至極《しごく》真っ当なことを大人然として言うので、余計にへこんだ。そんな様子がおかしかったのか、ダニエルはわずかに口もとをゆるめて言った。

「さっきまで熟練工並みの正確さで魔法陣を描いていた奴とは思えないな。ほら、しゃんとしろよ、優等生。お前のおかげで、もうニクス山麓に到着だ」

＊

ふたりがニクス山麓の地に降り立った時、あたりは静かだった。

アレクシスは長距離転移の副作用である平衡感覚《へいこうかんかく》の乱れ——要するにめまいだ——に足をふらつかせながら、周囲の景色を眺めた。

どこまでも広がる青空、雪をかぶった峰々に囲まれた、箱庭のような里——ニクス山麓《フットヒルズ》とは「雪山の麓《ふもと》」という意味だ。今は七月なのでさすがに雪は残っていないが、標高二千五百メートル地帯なのでローブを着ていなければ寒く感じただろう。

かなりの傾斜《けいしゃ》の草原に立ったふたりは、麓の集落を見渡せる位置にいた。ひと目で貧しいとわかるような、簡素な家々が密集している。

「救助隊がテントを張っているな。怪我人《けがにん》を受け入れる準備をしているのか」

「えっ、どこですか？」

手で目の上にひさしを作り、遠くを見るダニエル。その視線を追おうとしたアレクシスは、足をもつれさせて転びそうになった。

「お前は少し休んでろ」

ダニエルはまったくめまいを感じていなさそうだ。

「ちょっと行って話を聞いてくる。ここで待ってろ」

「俺も一緒に……！」

「お前は動くな。いいな？　すぐに戻ってくる」

そう言うと、ダニエルは黒髪をなびかせながら風のように駆けていった。

ひとり残されたアレクシスは、草の茂った地面に腰を下ろして息を吐いた。

あらためて集落の様子を眺める。煙《けむり》が上がっていた。火事だ。見たところ建物は石造りなので、火災が広がる危険はさほどではないかもしれない。だが、石を積み上げて造られた家のほとんどが無惨に崩れてしまっていた。白い制服を着た魔法使いによる編成の救助隊が消火・救助活動をしている様子も見える。地震が起きる前に、屋内の住民の避難誘導は間に合わなかったのだろうか？

とても落ちついて見ていられる光景ではなかったが、今の自分ではなにもできない。めまいを治めようと、目を閉じてひたすら深呼吸をくり返す。

「――気分はマシになったか？」

ダニエルは、ものの十分で戻ってきた。

「正午少し前に大きな地震があって、あちこちで落石や崖崩れが起こったらしい。民家がいくつも被害に遭っていて、街道も分断されている。部隊は集落側から順に救助活動を行っているから、オレたちは山の反対側へ回って、遭難者を探そう。歩けそうか？」

「大丈夫です。グノーム、オレイアス……！」

座りこんでいる場合ではない。ダニエルは今にもアレクシスを置いていきそうだ。地と山の精霊の名を呼んで、地面をしっかりと感じられるように意識した。これでまず転ぶことはないだろう。立ち上がると、ダニエルの目をしっかり見て言った。

「急ぎましょう、ブラッグさん」

＊

山の向こうにたどり着くまで、思ったよりも時間を要した。足場の悪い傾斜の道を通っているからだが、ダニエルが故意に速度を落として歩いたせいでもある。自分はもっと早く走っても平気だ、とアレクシスは言ったが、「到着前にお前がバテたら困る」と返されてしまった。標高が高いのに息ひとつ乱さないダニエルに、自分がついて来たことでかえって足手まといになっているのではないかと後悔し始める。ダニエルは、そんなアレクシスの心情を敏感に察して言った。

「焦《あせ》るな。高山病になっていないだけでも上出来だ」

「故郷が、高原地帯なので……」

しかしもう長いこと帰省していないし、山歩きは久々だ。思うように体が動かなくて、もどかしかった。

「いつ余震が来るかもわからない。また落石が起こる危険もある。いつでも対応できるように、余力を保ちながら行動しろ。救助する側が負傷したら、元も子もないだろ」

「はい……」

やがて、足場の悪い山道《さんどう》が土砂で分断されているのが見えた。地面には大小の石が散らばっていて、歩くだけでも危ない様子だ。なにか動くものが立っている。牛だろうか？　背中に荷物を載せている。

「ヤクだ」

ダニエルが言って、すばやく駆け寄った。近くに乗り手がいるはずだ。

その人物はすぐに見つかった。地面に横になって、ぐったりとしている。小柄《こがら》で痩《や》せ型、日焼けした黄色人種の中年男性だ。東方から来た人《オリエンテ》、と呼ばれるこの地域に住まう移民だろう。

「大丈夫ですか？」

ダニエルが座って呼びかけると、男性は返事ともうめき声ともつかない音をもらした。なまりの強い西方語で切れ切れに「脚が痛くて、動けないんだ」と言い、右の下腿《かたい》を指し示した。

「診《み》せてください」

ダニエルはトランクからナイフを出すと、男性の脚を動かさないように器用にズボンの右側を切り裂いた。外傷は見当たらず、見た目にはどんな怪我かわからない。けれどダニエルは「骨折ですね」と言った。

「まだ腫《は》れる前で助かった。優等生、オレが骨を引っ張ってもとの位置に戻すから、治癒魔法でくっつけてくれ」

アレクシスはぎょっとした。骨を引っ張る?　素手で?

確かに、アレクシスは折れた骨の位置を正確に戻すような魔法は使えない。治療《ちりょう》は早ければ早いほどいいだろう。しかし、そんな荒っぽい方法で……。

ダニエルは男性に「大丈夫、今治しますよ」と微笑《ほほえ》みかけた。人を安心させるような、あたたかい笑顔だ。そしてアレクシスをふり返ると「頼むぞ」と言う。とまどいを呑みこんで、うなずくしかなかった。

「癒《いや》しの女神アネカピア、我の呼び声に応え、汝《なんじ》の力を分け与えたもう。生命《いのち》の河の流れを乱す枷《かせ》をとり払い、肉体に宿る魂の輝きを思い出させん。光を呼び、魔力に乗せ、真《まこと》の流れをめぐらせん……」

アレクシスの詠唱《えいしょう》を聞きながら、ダニエルは魔法が発動するタイミングを計っていた。そして呪文が完成する直前に、両手で男性の脚をつかんで力をこめる。

男性が痛みに悲鳴を上げた。予想していたことだが、あまりの悲痛な叫びにアレクシスの心臓は大きく跳ね上がった。

激しく動揺しながらも詠唱を最後の一音まで終え、魔法は無事に発動した。魔法使いにしかわからない魔力のきらめきを感じ、治癒が起こるのを見守る。

折れた骨はもとどおりになり、男性はぐったりと力を抜いた。アレクシスもほっと息をつく。

「ここは危ない。移動しよう」

ダニエルが言うと、男性が口を開いた。

「谷にも人がいるはずなんだ。歩いているのを見た」

アレクシスは息を呑んで崖の下をふり返った。切り立った急斜面だ。谷底ははるか下方にあり、大きな岩がごろごろしている。こんなところで地震に遭ったら、落石に巻きこまれていてもおかしくはない。

「わかりました、任せてください。その前にあなたを安全なところまで運びます」

ダニエルは男性の目を見て力強く言った。

ヤクの上から荷を下ろし、代わりに男性を乗せた。ダニエルがヤクを引いていこうとしたので、アレクシスは荷物を運ぼうと思い背負おうとした……が、重すぎてまったく動けない。百キロはあるんじゃないか!?　荷に押しつぶされそうな様子のアレクシスを見かねて男性は「置いていってください」と言ったが、結局ダニエルが交代してくれた。小柄な少女の姿でどこにそんな力があるのか、ダニエルはしっかりとした足どりで来た道を先導して歩き、アレクシスはヤクをなだめながら慎重についいて行った。

道すがら、男性はなにがあったのか話してくれた。

「朝早く行商に行くために家を出たけど、なぜか胸騒ぎがしたんだ。天気もいいし気のせいだと言い聞かせたけど、山の向こうまで行ってもいやな予感がした。きっと御仏《みほとけ》が家に帰りなさいとおっしゃってるんだと思って、引き返してきたんだよ。そうしたら大きな地震が起きて、驚いたヤクが逃げてしまったんだ。ヤクを追いかけていたら土砂崩れが起きて、僕も怪我をして動けなくなってしまって……」

やがて視界の開けた草はらまでたどり着いた。ヤクを座らせ、そこに寄りかかるようにして男性を休ませた。

ダニエルは懐《ふところ》から細い筒をとり出し、アレクシスに言った。

「火、つけてくれ」

「それは？」

「照明弾。さっき救助隊員に分けてもらった」

アレクシスが「火精霊《サラマンダー》」と言うと、先端に小さな火が灯《とも》り、シュッと音を立てて光が空へと舞い上がった。

ダニエルは男性の横にしゃがんで言った。

「すぐに救助隊がこちらへ来ます。それまで動かずに待っていてください。飲み水は持っていますか？」

男性はうなずき、くり返し「ありがとう、ありがとう」と言った。

ダニエルは立ち上がると、アレクシスをふり返った。

「よし、崖下に向かうぞ」

＊

アレクシスは最初の怪我人がただの骨折だったことに、あとから感謝することとなった。崖下で待ち受けていたのは、もっと悲惨な状況だったからだ。

まず、どうやって急な斜面を安全に降りていくかが問題だった。魔法使いが空を飛べるのは、おとぎ話のなかだけなのだ。ダニエルは崖の様子をよく観察しながら、アレクシスに細かく指示を出した。地面を水魔法で湿《しめ》らせ、地魔法で固めて足もとを強化しろ。木魔法で木を生やして手すり代わりにしろ。風に煽《あお》られないように、風精霊《シルフ》を遠ざけろ。アレクシスはよく注意を払いながら、言いつけどおり魔法を使っていった。ひとつ間違えば、谷底に着く前に自分たちが真っ逆さまに転落してしまう。

そうしてようやく降り立った場所は、岩がごろごろしている起伏のある谷だった。見通しが悪く、歩きにくい。

「下まで降りて来てしまいましたけど、途中、人を見逃さなかったでしょうか」

「大丈夫だ。半径三十メートル以内に生きている人間がいたら、オレは必ずわかる。生存者を探すぞ」

ダニエルは静かに岩場を歩いた。誰かいますか、と大声で呼びかけなくていいのだろうかと思ったが、黙ってついて行った。ダニエルの言うことを信じよう。少なくとも先ほど男性を助けた手際の良さと、ここまで淀《よど》みなく来られたことだけを見ても、ダニエルが災害現場に慣れていることがわかる。

やがてダニエルは立ち止まり、かと思ったらすばやく動いてアレクシスを置いていってしまった。急いで後ろ姿を追いかけると、大きな岩の前で膝《ひざ》をついたダニエルが見えた。

「ブラッグさ……」

言いかけて、言葉を失った。人が倒れている。その顔色を見て、あきらかに重症なのがわかった。右腕が大きな岩の下敷きになっている。その岩の下から真《ま》っ赤《か》な血が滴《したた》っているのを見て、アレクシスは凍りついた。

「まだ息がある。だが、急がないと危ないな」

ダニエルの言葉で、はっと我に返った。

「魔法で岩をどかします」

「待て。肘《ひじ》から先がつぶれているが、この岩があることで出血が抑えられているんだ。動かすのは危険だ」

「では、どうすれば？」

ダニエルは少し考えてから言った。

「腕を切り落とそう。オレが切断するから、お前は切るそばから火魔法で断面を焼いて止血してくれ」

アレクシスは今度こそ顔色を失った。

腕を切りながら焼く？　そんなことできるわけない！

今すぐそう叫び出したかったが、なんとかこらえた。血の気が引いているのは、精神的なことではなく、標高が高いからだと自分に言い聞かせる。

「わかりました。どのようにやればいいか、指示をください」

「火傷《やけど》させないように、火力は極力抑えろ。だが温度は高温を保て。切断面の水分を一瞬で蒸発させるくらいにな。体液を逃さないように凝固させるんだ。できるか？」

「はい」

かなり精妙な技術を要する魔法だ。アレクシスは火魔法が得意というわけではない。たとえば風魔法なら、針の穴に風をくぐらせるくらいのことはできる自信があるが、火魔法はそこまで精密な扱《あつか》いをしたことがなかった。苦手だからといって鍛錬《たんれん》を怠《おこた》っていたことを、今さらながらに後悔する。魔法学校は苦手な魔法を克服するよりも得意分野を伸ばすことを推奨しているので、学校生活ではなんら問題はないのだが……肝心な時に役に立たないのであれば、なんのための学業かわからないではないか。

だが、いくら火魔法が不得意だと言っても、他の生徒より下手なんてことはない。この七年間、いや、学校に入学するずっと前から、人の役に立つために魔法を習練してきたのだ。

（しっかりしろ！　ここでできなくて、なにが首席の秀才だ）

ダニエルはトランクから大きなナイフをとり出した。刃《は》がのこぎり状になっていて、いかにも切れ味が良さそうだ。少女の白くて小さな手にはそぐわないが、柄をにぎったその姿はさまになっていて、扱い慣れているのがわかる。

（あれで腕を切り落とすのか……）

考えただけで気が遠くなりそうだ。唯一の救いは、患者が気を失っていることだろうか。

ダニエルはトランクから小さな酒瓶を出して、ナイフの刃と男性の腕に酒をふりかけた。アルコール消毒の代わりだ。

「切断部がよく見えるように、明かりを灯せ」

アレクシスは「光精霊《ウイルオウイスプ》」と言って、光の玉を呼び出した。

「よし。両手で腕を押さえてくれ。そうだ、揺れないようにしっかり固定しろ。準備ができたら切り始めるぞ。刃先に熱を集めるようにして、あわてずゆっくり端から焼いていけ」

アレクシスはうなずくと、詠唱を始めた。

「四大精霊、火を操りしサラマンダーよ。我の呼び声に応え、その力を分け与えよ。太陽のごとき熱き光の炎よ、我の魔力に宿りて意に従い、その力で彼《か》のものを焼き尽くさん」

アレクシスの魔力にサラマンダーの力が灯るのがわかった。ダニエルは両手でナイフを持つと、皮膚に刃を当て力をこめた。アレクシスは刃先にサラマンダーの火を集中させる。皮膚が焼け、小さな音を立てながら煙が立ち上る。出血は起こっていない。

「いいぞ、その調子だ」ダニエルはさらに刃を深く入れた。

アレクシスは火力に注意しながら慎重に魔力を操った。酸素が薄いので、平地にいる時より燃焼させるのが難しい。火の温度が低ければ、切断面を凝固させることができない。患者のためには、これ以上の失血は絶対にさせられない。

「動脈を切るぞ。熱を集中してくれ」

アレクシスはまるで刃《やいば》を研ぎ澄ませるように、魔力を細く鋭く高めていった。額《ひたい》から汗が流れ落ちる。肉が焼ける音がとても大きく感じられた。

「よし、いいぞ。次は骨を切断だ。揺れるが、気をつけてくれ」

激しい緊張のなか、必死に火魔法の精度を維持した。男性の腕は細いのに、切り終わるまでが果てしない道のりのように感じられた。

二本の骨と動脈を通過し、ナイフの刃が皮膚の最後を切り落として熱が切り口を塞《ふさ》ぎ終《お》わると、アレクシスは息をついた。

「よくやった」

ダニエルはアレクシスの顔を見ると微笑んだ。けれど、それに対してなんの言葉も返せない。達成感など味わう余裕もなく、とにかくほっとしたのひと言に尽きる。

ダニエルはトランクを開けるとショールを出して広げ、意識のない男性の体をくるむように覆った。救助隊に借りたのだろう、ショールには災害対策局の印《マーク》があった。負傷者の体温を適切に保つ魔法がかけられているはずだ。

「座って、少し休め」

ダニエルはそう言うと、トランクから竹の水筒を出して渡した。アレクシスはふらつきながらそれを受けとると、岩に寄りかかって水をあおる。竹特有の、いい香りがした。

ダニエルはさらにトランクからなにかをとり出した。それがマッチだと気づき、アレクシスは唖然《あぜん》とした。マッチを持っている魔法使いなんて、ありえない。火を灯す魔法は子供が初めに覚えるような超初級魔法だからだ。ダニエルは本当に、魔法が使えないのだ。

ダニエルは先ほどと同じ照明弾に火をつけると、光を空へ飛ばした。

「オレは遭難者を探しに行く。お前は救助隊が来るのをここで待つといい」

アレクシスははっとして立ち上がった。

「俺も行きます！」

「無理はするなと言っただろ。倒れられたら困る」

「倒れません！」

ダニエルは迷惑そうに眉根を寄せた。黒い前髪が揺れる。――ああ、アレクシスと違って、額に汗ひとつかいていないのだ。

「お前ができる奴だっていうのは充分わかってるよ。これ以上それを証明しようとしなくていい」

「そんなんじゃありません！」

声を荒らげたら、意固地になっていると思われるばかりだろう。ああ、酸素が薄くて息苦しいのがもどかしい。

「今この時も、死にそうになって助けを待っている人がいるかもしれないのですよね？　行かせてください」

ダニエルは感情を消した声で言った。

「わからないのか？　救助隊員が来るまで、この人のそばにいてやれって言ってるんだ」

腕を切断したばかりの救助者をふり返る。アレクシスは動揺したが、すぐに思い直して言った。

「いいえ。本当にこの方が今も危険な状態なら、ブラッグさんは絶対に置いていったりしませんよね？　俺も行きます」

「……お前、思ったよりも頑固だな」

あきれたように言うと、ダニエルはトランクを持って背を向けた。

「途中でバテたら、遠慮なく置いていくからな」

「……はい！」

元気よく返事をすると、アレクシスは少女の背中を追って歩き出した。

＊

そこから先も、神経をすり減らすようなことが続いた。余震が起きて崖から滑落しそうになったり、土砂の下に生き埋めになった人を掘り起こして蘇生処置《そせいしょち》を施《ほどこ》したり。ダニエルと連携《れんけい》して外科的治療も幾度となく行った。

「腸がはみ出しているな。オレが腹のなかに押しこむから、傷口を塞いでくれ」

「肋骨《ろっこつ》が折れて肺に刺さってる。肺のなかに溜《た》まった血液と、肺からもれた空気を抜いてから塞ぐぞ」

次から次へとダニエルに指示されるとんでもないことを、アレクシスは必死でこなした。

そうして救助活動開始からどれくらいの時がすぎただろう。災害対策局の救助部隊と合流して、日暮れ前に下山するように言われた。いつのまにか、日が傾いてきていた。

（やっと終わる……）

心身ともに疲労困憊《ひろうこんぱい》だったので、ただただ安堵《あんど》した。けれどその一方で、まだ助けを待っている人が置き去りにされてはいないだろうかと心配になる。

アレクシスがそう告げると、ダニエルは言った。

「大丈夫だ。被害が起きた箇所はひととおり回った。生きてる人間がいればオレはわかる。今下りている道が最後だ。あとは部隊の人間に任せよう」

薄暗くなり、少し足もとが見えづらくなった傾斜の道をふたりで下っていった。見上げれば、夕焼けに照らされた雄大なマグナニクス山脈が茜色《あかねいろ》に染まり、美しくそびえ立っていた。

麓の集落の明かりが見えてきた頃、ダニエルがふと足を止めた。どうしたのかとアレクシスが声をかける間もなく、さっと動いて道をはずれ、岩だらけの斜面に入っていく。

「ブラッグさん……っ？」

アレクシスはあわてて追いかけた。今日一日で、もう何度もくり返したことだ。負傷者を見つけたに違いない。

大きな岩と岩とのあいだの前で、ダニエルは立ち止まった。その後ろからアレクシスはせまい岩のすき間をのぞきこむ。暗くてよく見えないが、じっと目を凝らすと男性が倒れているのがわかった。まったく動かない。……息をしているのだろうか？

「明かり、頼む」

ダニエルが言い、アレクシスは光精霊《ウィルオウィスプ》を呼んで光の玉を灯した。心臓がドキリと跳ねる。

その人は、体の半分以上が大きな岩の下敷きになっていた。

「……まだ生きてる」

ダニエルがそっと言った。まるで、大きな声を出したら今にも死んでしまうというように。

「俺が岩を持ち上げて、助けます」

アレクシスの言葉に、ダニエルは目を合わせると静かに首をふった。その瞳を見て気がつく。

この人は、もう助からない……。

ダニエルは小柄な体を活《い》かし、せまいすき間をくぐって岩の内側へと入りこんだ。手を伸ばし、男性の頬をそっとなでる。するとまぶたが震え、うっすらとその目が開いた。

「光を消してくれ。代わりに、火魔法を。まぶしくないように、やわらかく照らしてくれ」

アレクシスは言われたとおりにした。さらに火精霊《サラマンダー》の魔力を集中して、地面を温める。おそらくこの男性の体温はかなり下がっていて、寒いはずだ。少しでも楽になってもらいたい。

「あなたのお名前は？」

ダニエルは、落ちついたアルトの声で言った。男性の瞳がわずかに揺れる。ダニエルの言葉が聞こえていないのだろうか？

『あなたのお名前は？』

ダニエルは、今度はアレクシスの知らない言語で言った。

「ペンバ……」

かすれた、小さな声が返ってくる。ダニエルはおだやかに微笑み、優しい口調で言った。

『ペンバさん、安心してください。まもなく、アマティバが迎えにいらっしゃいます。ご家族に伝えたいことはありますか？』

ダニエルはペンバの口に耳を寄せた。ヒューヒューと、苦しそうな息がもれる。アレクシスにはその声は聞こえなかったが、ダニエルは『わかりました』と言って彼の手を両手でにぎった。

『必ず伝えますから大丈夫ですよ。ゆっくり眠ってください』

ダニエルの言葉に、ペンバは力を抜いた。

「トゥジェチェ……」

つぶやくように言って、目を開けたまま動かなくなる。アレクシスは思わず息を止めた。

ダニエルはペンバのまぶたをそっとなでて、その目を閉じさせた。

そのまま、ダニエルは目をつむって静かに両手のひらを合わせた。一瞬、なじみのないその所作になにをしているのだろうと思ったが、すぐに合点がいった。東方の人々が信仰する宗教の作法にのっとって、ペンバのために祈っているのだ。

静寂を乱してはいけないと思い、アレクシスは息をひそめてただじっと立っていた。

火魔法が照らすダニエルの静かな横顔を眺めながら、きれいだな、と思う。

もちろん少女の姿のダニエルは美形なのだが、そういうことではなく——他人のために祈る姿というものは、こんなにも尊く美しいのかと思った。

やがてダニエルは目を開け、岩のすき間から這《は》い出《で》てきた。

「救助隊に報告しに行くぞ」

「……はい」

すっかり暗くなった山道を、アレクシスとダニエルは黙って静かに下りていった。

＊

麓の集落で起きていた火災も鎮火《ちんか》しており、怪我人の手当てや身元確認など、派遣された部隊のおかげで救助活動は一段落していた。行方不明者《ゆくえふめいしゃ》はいないということだったが、もれがないかどうか確認をしながら、救助部隊は明日以降も活動を続けるようだ。瓦礫の撤去《てっきょ》や街道の修繕《しゅうぜん》、二次災害を防ぐための整備など、やることは山ほどある。

だが、ダニエルとアレクシスは明朝に出立することになっていた。ダニエルの本業——どんな仕事内容なのかはあいかわらず教えてもらえていないが——の任務に間に合わせるためだ。

ジュリアが話をつけ、災害対策局の転移魔法陣を使わせてもらえることになった。それで政府施設へひとっ飛びし、そこからまた目的地に向けて転送してもらうらしい。政府の転移魔法なら、感知・追跡対策は万全で、足どりをつかまれることもないだろう。

特別高度救助隊の隊員たちはテントを張って、自分たちの休む場所を設《しつら》えていた。携帯式の調理道具で食事も作っている。その手際の良い仕事ぶりと、天馬の紋章が描かれた白い制服がなんとも頼もしく映る。ランタン代わりに呼び出された、たくさんの光精霊《ウイルオウイスプ》の光が浮遊しながら彼らの姿を幻想的に照らしていた。

アレクシスは少し離れたところから、その光景をぼんやりと見ていた。特別高度救助隊は、救助活動と救急医療の両方が行える、魔法庁災害対策局のなかでも特に花形のエリート職だ。憧《あこが》れの一流魔法使いがすぐそこにいるのだから、近寄って話しかけるなりなんなりすればいいのだが、なぜだかそんな気も起こらない。

地元の人々の厚意により、アレクシスとダニエルにも食事と寝床を用意してくれているという。しかしアレクシスは朝食以来なにも食べていないというのに、まるで食欲を感じなかった。とにかく休みたいが、神経が高ぶって寝つけそうにない。せめて気持ちを落ちつけようと、草のしげった地面に横になって夜空を見上げた。満天の星が美しい。

「おい、食べないなら、宿でもらった弁当の残りを村人にやってもいいか」

ダニエルの言葉に「どうぞ……」と力なく返す。金の花穂亭の主人が持たせてくれたのは、腸詰めやチーズなど栄養価の高いものが多い。きっと喜ばれるだろう。

ダニエルは救助隊の隊員や現地の村人と親しげに言葉を交わしている。それを寝ころんだまま眺め、アレクシスは息をついた。

——疲れた。昨日の晩も同じことを思ったが、桁違《けたちが》いの疲労感だ。ニクス山麓に来る前の意気ごんでいた自分に警告してやりたいくらいだった。

(プロの魔法使いの仕事は、こんなに大変なんだな……)

どれくらいそうしていただろうか。まぶたを閉じたままひんやりとした空気を感じていると、草を踏みしめる音が近づいてきた。目を開けると、両手に丸い器を持った長い黒髪の少女が見えた。アレクシスは身を起こす。

「村人が飯を作ってくれたぞ。お前も食べろ」

「せっかくですけど、空腹を感じなくて……」

ダニエルはアレクシスのとなりに腰かけると(うっ……距離が近い)、問答無用で器を押しつけた。

「食え。このあたりの小麦粉は貴重なんだぞ」

手のなかにおさまった器はあたたかく、良い香りの湯気を立てていた。暗くて見えづらいが、どうやらスープのなかに白い麺と肉、野菜が入っているようだ。

ダニエルを真似て、匙《さじ》を使いながら麺を口に運んだ。あっさりとした味で食べやすい。うま味のあるあたたかいスープを飲むと、食欲が湧くのを感じた。どこかほっとする味だ。干し肉《ほにく》もまったく臭《くさ》みがない。アレクシスは夢中で食べ続けた。

あっという間に器をからにして、ため息をついた。同時に腰を浮かせて一歩横にずれてから座り直し、さりげなく少女姿のダニエルと距離をとる。

ダニエルが黙っているので、アレクシスはなにか言わなければならないような気がして口を開いた。

「……今日一日で、自分が甘かったと思い知りました。救助隊や救急隊の魔法使いは俺が憧れている職業のひとつで、災害対策局は進路先の候補に考えてもいました。でも……今は自信がありません」

またため息が出てくる。ダニエルは食べ終わった器を地面に置くと、静かに言った。

「初めはみんなそんなもんだ。お前は最後までよくやったよ。ガキには上出来すぎるくらいだ」

「十七です」

子供扱いされているようで、ややむっとしながら言った。ダニエルは軽く鼻で笑う。

「それにな……こんな仕事はやれないと思っても、時が経って、自分が助けた人間が元気になった姿を目にする機会があれば、そんなつらさは忘れちまうもんだ。思いがけず感謝の言葉をもらった時なんかは、ずっと仕事を続けていこうっていう気になったりもする」

アレクシスはダニエルの言った言葉をゆっくりと噛《か》みしめた。

（……そのとおりかもしれない）

少なくとも、今日救助した人のありがとうの声や、家族と再会した時の笑顔はずっと忘れないと思った。

「ブラッグさん、聞いてもいいですか？　今日亡くなられたペンバさんという方に、なんて言っていたのか……」

「ああ——家族に伝えたいことはないか、って聞いたんだよ。それから、アマティバが来るから安心していいと」

「アマティバ？」

ダニエルは星空を見上げて言った。

「東方人が信仰している仏《ブッダ》の名前だよ。アマティバは死者のもとへ現れ、天国に迎え入れてくれると信じられている」

「ブラッグさんも信じているのですか？」

だとしたら、ちょっと意外だ。

「オレはどの宗教にも属していない。神も仏も、いるかいないかわからないな」

アレクシスは呆気《あっけ》にとられた。

「でも……ブラッグさん、ペンバさんのために、祈りを捧《ささ》げていましたよね？」

まさか、あれはただの見せかけなのか？

「それくらいしかしてやれないだろ。死にゆく人間に、生きている奴ができることなんて。オレ自身はどこで野垂れ死のうがかまわないが、普通に真面目《まじめ》に生きてきた人には、安らかに旅立ってもらいたいだろ」

アレクシスが黙っていると、ダニエルは天を仰いだまま言った。

「お前、このあたりの東方人がどうしてこの国《エリシウム》に住んでいるか、知ってるか」

「確か……四十一年前に、オムニス帝国が彼らの国を侵攻したからですよね？　マグナニクス山脈を越えてきた多くの難民を、エリシウムが受け入れて……」

ダニエルは視線を落とし、小さくため息をついた。

「そもそも、オムニス帝国が東の国々を侵略したのも、エリシウムが圧力をかけたからだ。オムニスとエリシウムが、もとはひとつの国だったというのは知っているだろ。エリシウムは独立し、やがてオムニスと対等以上の力をつけた。危機を感じたオムニス国家はどうする？　資源が豊富な東の国々を植民地にすれば、豊かになって労働力も確保できる」

「でも、それは……」

エリシウムのせいではないのでは？　エリシウムが東方を攻めたわけではない、むしろ行き場のない彼らを迎え入れて――

「五十年前に魔法戦争が終結してから、この国は防衛に力を入れて、次々と魔法使いを配した政府機関を創り上げていった。自衛といえば聞こえはいいが、実態は軍事力と変わらない。平和条約が聞いてあきれる。長年争い続けたオムニスが脅威に思わないはずないだろ。東方国には魔法の歴史がなく、使い手もいない。東方を侵略しても国際法には引っかからない。オムニスにはかっこうの的だった。そうして東方国が次々と奪われ滅ぼされても、揉めごとを嫌った国際魔法連盟は不干渉を決めこんだ。そんな都合で、彼らは故郷《くに》を失い、追われたんだ」

アレクシスは言葉を失《な》くした。魔法戦争が終わって以来、この国はずっと平和なのだと思ってきた。長年仇敵《きゅうてき》だった隣国オムニスとも、和平の名のもと、友好的な関係が実現されたのだと。

「ジュリアはいつも気にしていたよ。彼女は以前、入国管理局の難民保護を手伝っていたから、特にな。東方人が信仰するシューニャ教について、その教義や祈り方を、オレは彼女から教わった。シューニャ教だけじゃないぞ。アルブム教だろうがオムニア教だろうが、どんな宗教についてもジュリアは詳しかった。死を看《み》とる時、その人の信じるものにのっとって祈るのがせめてもの手向《たむ》けだというのが、彼女の考えだ。救助隊員としても経験豊富で、非常に優秀な治療士だった。人手不足の魔法捜査局が引き抜かなきゃ、今でも救助部隊で人の命を救っていたはずだった……」

視線の先にいる、救助隊員の姿を見つめるダニエルはいつになく饒舌《じょうぜつ》だった。光精霊《ウイルオウイスプ》の光に照らされた紫の瞳はどこか儚《はかな》げに揺らめき、黒々としたまつ毛がそこへ影を落としている。

なんと言っていいのかわからないアレクシスは、ただ黙って聞いているしかなかった。

アレクシスのとまどいに気づいたように、ふとダニエルはこちらに顔を向けた。

「お前がどんな魔法使いを目指しているのか知らないが、お前には――」

ダニエルがなにか言いかけた時、視界の端にこちらへ歩み寄ってくる人影を捉《とら》えた。

茶色い肌をした七、八歳くらいに見える東方人の男の子だ。なにかしゃべっているが、アレクシスには言葉がわからない。

「お前が飯を食えたのか心配しているらしい。具合が悪いのか？　って聞いているぞ」

「この子が話しているのは何語なんですか？」

「カンチェン語。この集落に住んでいるのは、ほとんどがカンチェン人だよ」

もうひとり、男の子を追いかけて老年の男性がやってきた。おっとりとした口調で話しかけてくる。

「彼はこの子の祖父で、カンチェンの医者だそうだ。名前はタシ」

タシ医師はアレクシスの前にしゃがみこむと、老人とは思えないとても澄んだきれいな瞳を細めてしゃべった。

「『息子を助けてくれてありがとう。あなた方には本当に感謝している』」

「あ……いえ、こちらこそ、お食事をありがとうございます。ごちそうさまでした」

アレクシスがからになった器を見せると、男の子は嬉《うれ》しそうに笑った。乳歯がひとつ抜けている歯並びがのぞいて、なんとも愛らしい。

ダニエルがアレクシスの言葉を訳して伝えると、タシ医師はさらになにかを言った。

「お礼に診察したいと言ってるぞ。脈診《みゃくしん》をするから手を出して欲しいと」

「えっ」

アレクシスは驚いてダニエルとタシ医師を交互に見た。

「いいですよ。どこも悪くないですし、大丈夫です」

実のところ、アレクシスは東方医学をあまり信用していなかった。文明的にも西方のほうが何倍も進んでいるし、それでなくても魔法使いは治癒魔法が使える魔法医学以外は軽んじている傾向が強い。

「いいから診てもらえ。人の厚意は素直に受けとるもんだぞ」

「はあ……」

まあ、脈を診てもらうくらいならいいか。そう思って右腕を差し出すと、タシ医師は左手でアレクシスの手を支えるようにして持ち、右手の指を三本そろえて手首に添えた。茶色く日焼けした手は、大きく骨ばった、働き者のあたたかい手だった。脈を診るその手つきはとても慣れていて、どこか東方の神秘を感じる。しかしタシ医師の風貌だけ見ると、西方の医者とはずいぶんかけ離れている。ひょっとしなくても、着ている物は野良着《のらぎ》ではないだろうか。こう言っては悪いが、全然医者には見えない。

タシ医師がしゃべり出し、ダニエルが通訳をしてくれる。

『精神的負荷が多く、それが体に不調を起こしている。ルンが増大しているので気をつけたほうがいい。子供の頃から、ストレスを感じると食欲不振や消化不良に悩まされてはいないか？　暑くても冷たい水は飲まないこと、生野菜を多くとらないこと。母親は典型的なティーパ体質で、対照的に父親はペーケン体質。お前はどちらかといえば父親の体質を受け継いでいるから冷えには注意すること』」

「ルンとかペーケンってなんですかっ？」

すらすらと言い当てられ、思わず動揺して言った。

「ルンは風だな。ティーパは火、ペーケンは地と水。オレも詳しくは知らんが、生まれ持った性質をそう呼んで分類してるらしい。ティーパ体質は頭が良く切れ者で、プライドが高く体温も高い。文字どおり火みたいな性質ってことだ」

アレクシスは押し黙った。「炎の魔女」の異名を持つ母親が、まさにそのままの性格だからだ。

タシ医師がなにごとか言うと、男の子が元気よく走って家屋のほうへ行ってしまった。

「薬を持ってきてくれるらしいぞ」

「え……そんな、いいのに。この村の人々には貴重な物なのでしょう？」

「そのとおり。カンチェンの薬は、危険な山脈を歩き回って採取してきた薬草を乾燥させ、手間ひまかけて調合したあと、熱心に祈りをこめてやっと完成するって話だ。だから、もらっておけ」

文脈のおかしなダニエルの言葉に、アレクシスはきょとんとする。

しばらくして男の子が持ってきたのは、黒々とした丸薬だった。手のひらにころんと乗せたそれは直径一センチはあろうかという大きさで、独特の匂いを放っている。これを飲めと？

「これ、喉《のど》につまらせると思うんですけど……」

途方に暮れたように言うと、「歯で噛《か》み砕《くだ》いてから飲むんだとさ」とダニエルが言った。なるほど、男の子は白湯《さゆ》の入ったコップを持ってにこにこしている。

あまり……というかかなり、飲みたくないなぁと思ったが、さすがにあきらかな親切を前にしてそれを断るような薄情さは持ち合わせていない。覚悟を決めて丸薬を口に放りこみ、歯を立てた。

……硬い。ものすごく硬い。歯が欠けないだろうかと思いつつもあごに力を入れると、奥歯の下で薬が砕けた。その瞬間、口のなかに広がったとんでもない苦味に目を剝《む》く。さらにくせの強い薬草の匂いも強烈に襲いかかってくる。悶絶《もんぜつ》しそうになりながら、あわてて白湯をあおった。

横でダニエルがゲラゲラと笑っている。男の子も遠慮なく爆笑していた。タシ医師も愉快そうだ。……ひどい。みんな、こうなるのがわかっていたのだ。

「朝昼晩とそれぞれ薬を出すから、毎日飲めってさ。旅を続けるなら、体調維持に役立つはずだと」

ダニエルはにやにやしながら言う。

「せっかくですけど、飲みたくありません……」

アレクシスは涙目である。

「まあそう言うな。カンチェン医学は、エヴロギア医学に匹敵する歴史があるんだぞ」

そうなのか……。

エヴロギア医学は魔法医学の源流、古来からの医学だ。それはともかく、カンチェン人にとって大事な薬を西方人の自分に惜《お》しみなく分け与えてくれたことには、素直に感謝したい。

「ブラッグさん。カンチェン語で直接お礼が言いたいです」

ダニエルはふっと笑うと「トゥジェチェ」と言った。

「ありがとうって意味だよ」

タシ医師と男の子を真っすぐ見つめて、それぞれに「トゥジェチェ」と言うと、彼らはにこにこと笑った。そのおだやかで優しい笑顔を見ていると自然と心がほぐれ、ほっとするようだった。つられたように、アレクシスの口もとにも笑みが浮かぶ。

「……ブラッグさん」

アレクシスはダニエルを見ると言った。

「ここに来られて、よかったです。連れて来てくださって、ありがとうございました」

ダニエルは、アレクシスの真面目さを軽く笑って流した。

「連れて来たのはお前だろ、優等生」

アレクシスも小さく笑うと、瞬《またた》く星々を仰ぎ見た。

ゆったりとこちらを見守るような優しさを湛《たた》えた、静かな夜が広がっていた。

第五章

雨と秘密と師匠に怒られる俺

「お前は今後一切酒を飲むな!」

THE ROAD TO WIZARD

(くそったれ、胸くそ悪い)

ダニエルは長い黒髪とワンピースの裾《すそ》をひるがえし、大理石の床をカツカツと鳴らして歩いた。

ここは魔法捜査局の東支局。ジュリアの口添えにより、政府の転移魔法陣を使ってニクス山《さん》麓《ろく》からここまでやって来ていた。

ダニエルは面識のある刑事課の主任捜査官に面会を求め、長いこと待たされたあげく、アレクシスを保護して欲しいという頼みをすげなく断られたところだった。ダニエルがとうに魔法捜査官としての資格を返上していて、現在極秘任務中で詳しい事情が話せなかったせいもあるが、あきらかに私情による意趣返《いしゆがえ》しだ。

捜査官時代のダニエルは名の知れた優秀な魔法使いだったが、同時に命令無視と規則違反の常習者で、上の人間からは疎《うと》まれていた。嫌われるのは結構だが、それで仕事に支障を来《きた》すのは我慢ならない。なにより一番腹立たしいのは、自分のせいでアレクシスにしわ寄せが行くことだ。

「あ、ブラッグさん、お帰りなさい」

控えの間で待っていたアレクシスがソファから立ち上がった。その顔はどこかうきうきとしていて楽しそうである。魔法学校の生徒からしたら、魔法捜査局の内部は興味津々《きょうみしんしん》なのだろう。のんきなものだ。

「行くぞ。ちゃんとフードで顔隠しとけよ。誰かに声をかけられても、目を合わせるな」

「え……」

アレクシスはすぐに感情が顔に出る。なぜなのかという、困惑と不満の入り混じった表情をしているが、ダニエルの不機嫌な様子を感じとったのか、黙ってローブのフードを目深にかぶり後ろをついて来た。

（こいつのためにも、早く安全なところへ預けてやりたいが……）

本当は、自分のもとから遠ざけてしまいたいだけなのかもしれない。

ダニエルはこれから危険な任務にあたる。そこにアレクシスを連れては行けない。徒弟《とてい》実習は打ち切りで、アレクシスは強制送還だ。

初めからわかっていたことだが、まだ本人には告げていなかった。意外と頑固な質《たち》のようだし、素直に聞き分けずに食い下がってくるかもしれない。それでも事の重大さを知れば引き下がるだろうが……そんなふうに納得させるためのやりとりを想像すると、どうにも気が重い。

そんなことを思うのは、ダニエルに負い目があるからだ。最初から、学生の単位取得のための実習に付き合う気などなかった。初日に難癖《なんくせ》をつけて追い返すか、適当な課題を出して留守番でもさせておくつもりでいた。一般人に化けた工作員が襲来したおかげで、予定が大狂いしてしまったが……。

（ここでこいつを保護してもらえれば、終わりだったのにな）

どうやら、まだそういうわけにはいかないらしい。予定どおり、国境近くでジュリアに手配してもらった迎えの捜査官と合流し、そこでアレクシスを預けるとしよう。

長い回廊を歩き、階段を降りて、渡り廊下を通過して――この建物はやたらと広い。そして早足で歩いているのにもかかわらず、ダニエルを目ざとく見つけては声をかけてくる者がいる。

「あなたは、あの有名なブラッグ捜査官ですね！　いやあ、うわさどおりの神秘的な美しさ！『魔法封じの無敵のブラッグ』に会えるなんて光栄です！」

なんていうのはまだいい（望んでもいないクソダサいふたつ名で呼ばれることくらい、軽く許せる）、それよりも

「誰かと思えばブラッグ捜査官じゃありませんか。いや、元捜査官でしたね。魔法使いの資格を剝奪《はくだつ》されたはずのあなたがなんの用です？」

などとからんで来たり、

「貴様、よくこんなところに顔を出せたな！　捜査局の面汚しが！」

と突っかかって来られたりするのが非常にうっとうしいし、後ろでアレクシスがいちいち驚

いたりはらはらしたりするのがわかるのもわずらわしい。

オレのことを気にするより、お前は自分のことに注意を払えよ。英雄アレクサンダーの曽孫《ひまご》だなんて知られたら、困るだろうが。

「ブラッグさん、あの……」

何人目かの難癖男（と女）を黙殺《もくさつ》してやりすごしたあと、アレクシスがおずおずと声をかけてきた。背後で揺らめく不安定な魔力で、ふり返らなくてもどんな顔をしているか容易にわかる。

「世間ではエリートと呼ばれている政府の魔法使いも、実態はこんなもんだ。がっかりしたか？」

ふり向いてアレクシスの顔を見ると、困ったような、複雑そうな表情をしていた。

「残念ながら、お前が憧《あこが》れるような理想的な魔法使いなんてのは、魔法庁《ここ》にはいないんだよ」

皮肉めいた口調で言いながら、内心では自嘲《じちょう》していた。

こんなことを言ってどうする？　政府の仕事に幻滅させたいのか？　ジュリアなら、喜んでアレクシスを魔法庁に推薦するだろう。ダニエルが紹介してやればとんとん拍子に話が進んで、すぐにでも就職できる。

ため息をつきたくなった。

……わかっている。自分はそれを歓迎できない。この血統書付きの才能豊かな金の卵——けれど心優しく純粋で繊細な若者に、こんな世界に入って欲しくはないのだ。

「でも、ブラッグさんは？　それに、ジュリアさんという方や……アイリーンさんというブラッグさんの師匠も、立派な魔法使いなのではないですか？」

アレクシスの声で、物思いから引き戻された。なかなか核心を突いてくる奴《やつ》だな。

「お前、オレが立派な魔法使いだなんてよく言えるな。オレは十トリクルしか魔力を持たない落ちこぼれだぞ。ちなみにオレの師匠は、オレなんか問題にならないくらいとんでもない御仁《ごじん》だった。気に食わない相手には我慢せず力業《ちからわざ》に訴えていたからな。さっきみたいな場面に遭遇したら、もれなく全員床に沈めてる。……おっと」

絶句しているアレクシスを尻目に、ダニエルはある部屋の入り口に目を留めて立ち止まった。

「ここで少し待っていろ」

返事を待たずに、部屋のなかへともぐりこむ。

扉には強力な結界が張ってあり、未登録者は入室できない仕組みになっている。ところが見張りの精霊は侵入者を見つけても撃退魔法を発動しようとはせず、ダニエルは悠々と室内を歩き回った。そうして何十もの結界を通りすぎ、特殊部隊が使う物資や備品の保管庫にたどり着く。幸《さいわ》い、他には誰もいないようだ。たとえ誰かいたとしても、先ほどいちゃもんを付けてきたうちのひとりに変身してしまえばいいだけのことだが。

ダニエルは棚から貴重な品々を物色した。通常なら許可なく持ち出した時点で扉が施錠され、警報が作動するはずなのだが、ダニエルがちょっと魔力を動かしてやるだけで、それらは無効化してしまう。携帯食料、携帯燃料、発火装置に高級魔法紙、魔法符など、必要な物を遠慮なく頂戴し、さっさと退散する。

部屋の外で待っていたアレクシスは、ダニエルの手にある物を見るとぎょっとした。

「ブラッグさん、それって窃盗……」

「簡単に盗《と》られるようなぬるい防犯システムしか設置していないほうが悪い」

にやっと笑ってやる。「オレは立派な魔法使いだからな」

「前言撤回《ぜんげんてっかい》しますよ……」

げんなりと言ったアレクシスの先に立つと、ダニエルは軽快に廊下を歩いていった。

＊

「『クッシュ・カルボ名物』……聞いたことのない地名です。ブラッグさん、ここはどのあたりの地域なのですか?」

土産物屋《みやげものや》に出ている看板に目を留め、アレクシスは言った。

魔法庁の転移魔法陣をいくつか経由し、アレクシスとダニエルはとある地へと降り立った。

さすが政府の魔法陣、少しも転移酔いをせずに移動することができた。しかし人でにぎわっている商店が立ち並ぶ通りを歩いていても、ここがどこなのか見当もつかない。

「当ててみろよ、優等生」

「え？　えーと……地名が魔法古語だということは、古くからある町ですよね……」

ダニエルの言葉に、アレクシスは律儀に思考をめぐらせた。

石炭の湧く町《クッシュ・カルボ》……。

気候や太陽の位置、それから東の空に見えているのがマグナニクス山脈だとして……。

「コールロック郡の、オムニス帝国との国境付近じゃないでしょうか？　クータスタ国寄りの」

アレクシスの回答に、先を歩くダニエルは反応しない。

「ブラッグさん？」

ダニエルは長い黒髪を揺らし、ゆっくりとふり返った。

「なあ、お前はオムニア教とアルブム教の修道女なら、どっちが好きだ？」

「全っ然、人の話を聞いていないじゃないですかっ！　なんなんですか、その質問は」

ダニエルは真顔のまま、長いまつ毛を伏せてなぜか物憂《ものう》げなため息をついた。

「オムニア教の修道服は黒を基調としている。上品で落ちついたデザインはしゃれていて、修道女の敬虔《けいけん》な美しさが引き立つような良さがあるが、それに引きかえアルブム教の白い修道服はどうも野暮《やぼ》ったい。しかし残念なことにエリシウム国民の大半はアルブム教で、オムニア神殿は少ない。この町にも聖アルブム教会がひとつきりだ」

「はあ……」

一体なんの話をしているのだ？

「というわけで、オレたちは今からアルブム教会に礼拝に行く。これから巡礼の旅に向かう信者としてな。そこで巡礼服を借りて、巡礼者に変装する」

「なにが『というわけ』なのかさっぱりですけど、どうして変装をするのですか？」

「念のためにな。二日前、ババアに襲撃されたのを忘れたのか？　用心するに越したことはない。ローブを羽織っていようが、お前のその学生服は目立ちすぎるしな」

そう言って、ダニエルは視線で前方にある建物を示した。白い壁に大きな翼のレリーフをあしらった、聖アルブム教会の門が見えていた。

＊

ダニエルと別々の部屋に通されたアレクシスは、鏡の前で渋面《じゅうめん》になった。

真っ白な巡礼服をまとった自分の姿にひどく違和感を覚える。平たくいえば、似合っていない。この、日夜部屋に閉じこもって黒魔術の研究をしていそうな陰気な顔つきがいけないのだろうか？　試しに鏡に向けて微笑《ほほえ》んでみたが、かえって信者のふりをして詐欺《さぎ》を働こうとする怪しげな男に見えてしまう。しかしこれがオムニア教の黒服だったなら、怪しいどころか完全に悪の幹部のようになってしまうはずなので、このほうがまだマシと言えるかもしれない。せめてもの救いは、防寒用の白いローブも貸してもらえることだろうか。フードをかぶれば顔が隠せる。

(それにしても、アルブム教徒じゃないのに巡礼者のふりなんかしていいのだろうか?)

アレクシスの通うグラングラス魔法学校では、学問として西方国の二大宗教であるアルブム教とオムニア教の授業が設けられているが、生徒に信仰をうながすことは禁じられている。五十年前の魔法戦争が起きたきっかけが、まさにそのふたつの宗教の対立によるものだったからだ。

世界最大の宗教であるオムニア教は、オムニス帝国が国教としている、いわば「魔法使いの宗教」だ。オムニス帝国では何百年も昔から魔法使い至上主義の階級制度がとられており、魔法が使えない者は社会の底辺へ追いやられてきた。

そこへ異を唱《とな》えた者たちが平等主義を訴え、新しく興《おこ》したのがアルブム教だ。魔法が使えない者にも開かれたアルブム教はたちまち信者を獲得《かくとく》したが、それを脅威に思ったオムニス国家によって弾圧された。

しかしオムニス貴族にもアルブム教の支持者はいて、彼はアルブム教の開祖をかばった罪で北の地へ追放されてしまう。その貴族こそ、エリシウム公国を開いたエドモンド大公だ。彼は祖国オムニスと争うことを望んではいなかったが、結局は十年に及《およ》ぶ魔法戦争が勃発《ぼっぱつ》してしまったのである。

現在では平和条約の名のもと、互いの信仰を認め合い侵害してはならないと国際法で定められている。しかしまあ、魔法学校でもアルブム教とオムニア教の教師はあまり仲が良いとは言《い》い難《がた》い。

そういった歴史的背景から、エリシウムでは国民のほとんどがアルブム教徒だ。

とはいえ魔法使いは長年オムニア教を信仰してきたこともあり、魔法使いの家系に生まれた者はオムニア教信者も多い。近年ではオムニア教徒でありながらアルブム教の教義であるアエクァリタス派（平等派）を名乗る者もいるし、かと思えばアルブム教徒でもオムニア教が教える魔法を使う者もいて、どうやら宗派も多岐にわたっているようだ。アレクシスは宗教にさほど関心がないので、この方面に明るくない。

そう、アレクシスは無宗教だ。西方人としてはかなりの少数派（ダニエルもそのひとりのようだが）である。

魔法使いでありながら現実主義の母に育てられたからというのもあるし――なにかを信じすぎることで、誰かを否定するようなことをしたくはないから、というのもある。

アレクシスの故郷スワールベリーでも、考えの違いにより反目し合う人々は少なくない。子供の時分からそれを見てきて、いつも悲しいことだと思っていた。どちらの考えが正しいかということより、ただみなが仲良く幸せであればいいのにと。

アレクシスは、いずれスワールベリーの一族と領民すべてを守る立場になるという前提で生きてきた。きっとそのせいで、無意識に特定の思想を持たないようにしてきたのではないかと思う。

ともあれ、アレクシスはアレクシスなりに双方の宗教に敬意を払っているつもりだし、どちらの授業も、またそれを教える教師のことも好ましく思っていた。

礼拝堂に向かうと、白魔法使いの司祭が守護の魔法をかけてくれた。旅出の祝福に薬草のリースをもらい、教会をあとにする。

特に信仰心がないとはいえ、アルブム教会の雰囲気は好きだ。おだやかで優しく、平和。生きとし生ける者すべてに神の恵みを、という教えのとおりだ。アルブム教は信徒以外の者にも平等にその手を差し伸べることを理念としている。

（ブラッグさん、まだかな……）

正門前に立ったまま、アレクシスは何度も教会をふり返った。礼拝を終えた人が次々と出てくるが、巡礼服を着ている人は見当たらない。先ほどあんなことを言われたから、心配になってしまうではないか。

（なんだか、雲行きも怪しくなってきたしな）

空にはいつのまにか暗い雲が現れ、風も出てきている。雨精《ヒュアデス》の気配もかすかだが感じるし、間もなく雨が降り出すだろう。

もう一度教会の入り口を確かめると、ちょうどなかから出てきた人物がこちらに近づいてくるのが見えた。

ダニエルかと思ったが、違う。

巡礼服を着ているが、いつもの小柄な少女姿のダニエルよりもさらに背が低い。美しい淡い金髪をゆるく結わえて右肩から垂らし、フードをかぶっている。そのせいで顔が半分影になっているが、それでもその女性《ひと》の美しさは隠せていなかった。たおやかで、聖女のように清らかな風貌をしている。

(年頃の女性だけど……あまり怖くないタイプだ)

悲しいかな、アレクシスにとっての女性の基準は「怖い」か「怖くない」かである。

ほっとしつつ、通行の邪魔にならないようにと、脇に避《よ》けてやりすごそうとした。が、その人物はアレクシスの前まで来ると立ち止まった。

「?　なにかご用で……」

アレクシスは途中で言葉を切った。目の前の女性は印象的な紫色の瞳《ひとみ》をしていて、右目の下に泣きボクロがあったからだ。

「――もしかして、ブラッグさん？　どうして、いつもと違うのですか？」

問われた女性は、唇の端をつり上げると言った。

「お前、この姿に見覚えがないのか？」

声も違う。いつもの凛《りん》としたアルトの声音ではなく、どこかで聞いたことのある、鈴を転がすような響き……。

あっとなって、思わず素《す》っとん狂《きょう》な声が出た。

「マ、マレット先生!?　な、なんで先生に化けてるんですか!?」

サラ・マレットといっても、魔法学校で白魔法の歴史を教えている、五十をすぎた彼女ではない。現在よりもすっきりと痩《や》せた肌は陶磁器のように白くなめらかで、頬《ほお》はバラ色をしている。花のような乙女《おとめ》だ。アレクシスの知るマレットは紫ではなく空色の瞳をしているし、いつもベールですっぽりと髪を隠しているので、気づくのに余計時間がかかった。

（そうか……マレット先生はこんなきれいな金髪だったのか）

しかしどうして、ダニエルはそれを知っているのだろう。

「言っただろ、用心のためだって。オレの顔もアイリーンの顔も、それなりに有名だからな。二十五年前のサラ・マレットなら、誰もわからないだろ」

二十五年前というと、この姿は二十七、八歳のマレットか。それより十は若く見えるが。昔から童顔だったようだ。

「う……でも、その顔でそのしゃべり方をされると、ものすごく違和感が……」

アレクシスは苦い顔を隠さずに言った。できれば違う人に変身してもらいたい。

ダニエルはくるんときれいにカールした金色のまつ毛を持ち上げてアレクシスを見上げると、真顔で言った。

「なんだ。お前、サラに惚《ほ》れてるのか」

「なっ……」

不意打ちに、水も飲んでいないのにむせそうになった。

「なんってことを言い出すんですか！　マレット先生は白魔法の修道女ですよ！　不敬にもほどがあります！　大体先生は、俺より三十六歳も年上です！　うちの祖母と同い年ですよ！」

「へーえ、お前の祖母《ばあ》さんはずいぶんと若いんだな。でもまあ、恋愛に年齢《とし》は関係ないだろ。――そして、道ならぬとわかっていても、好きになってしまうのが恋というものよ、ウォルシュ君」

急に声の調子を変えて言うと、うふふ、とおしとやかに笑ってみせるダニエル。恐ろしいほど本物のマレットに似ている。アレクシスはなぜか赤面した。

「やめてください!!」

動揺半分、怒り半分で、かなり本気で怒鳴ってしまった。なにより、ちょっと本気でかわいいと思ってしまった自分が猛烈にいやだ。

「よし、では今日の宿を探しに行くぞ、ウォルシュ君」

ダニエルはどこ吹く風である。

「その呼び方やめてください！」

「お前、名前で呼べっていつも自分で言ってるだろうが」

鼻で笑ったダニエルのその鼻先に、ぽつん、と雨粒が落ちて小さく跳ねた。

＊

アレクシスの不満をよそに、ダニエルはしばらくマレットの姿ですごすと決めたようだ。路面店をひやかしながら、時おり店主と世間話をしている。マレットそっくりの口調で会話するダニエルを見ているとむずがゆくなるのだが、確かにこの容姿で普段の言葉遣いをしていたら不審《ふしん》がられるだろう。

「へえ、こんなに若くてかわいいお嬢さんが巡礼の旅とは感心だねぇ。親御さんは反対しなかったのかい？」

「父は護衛をつけることを条件に許してくれましたわ。彼は代々当家に仕える優秀な魔法使いの家系なんですの」

うふふ、と愛らしく微笑んでアレクシスを示すダニエル。誰が護衛だ。

「ところで、このあたりで最近変わったことはありませんでしたか？」

「変わったこと？」

「ええ。なにか事件や事故があったとか、よそから来た人で気になる人物がいたとか……」

どうやらダニエルは情報収集をしているらしい。マレットの人畜無害かつ清廉《せいれん》な容貌のおかげで、話しかけられた相手はみな愛想よく応じてくれた。

しかし、なぜだかアレクシスはむかむかと胸が悪くなるのを感じていた。ダニエルがマレットの顔でにっこり笑ってお礼を言うと、男たちはみな、やに下がった顔つきになるのだ。

「おい、なんでそんなにカリカリしている？」

小雨が降るなか、何軒目かの店をあとにしたダニエルが聞いてきた。

「別に怒ってなんていません」

むっつりとしたまま答える。ダニエルはそんなアレクシスを見て小さく笑った。皮肉と、わずかな優しさが入り混じったような響き。

「お前は見た目に囚《とら》われすぎなんだよ。目に映るものにいちいち惑わされるな。魔法使いだろ？　物事の本質を見ろ」

そういえば、初めて会った時にも似たようなことを言われていた。

「……ブラッグさんが、わざわざ人を惑わせるようなことをしなければいいじゃないですか」

きまりの悪さも手伝って、拗《す》ねたような口調で返してしまった。

「甘えんなよ、ガキ」

ダニエルは軽く鼻を鳴らし、次の店へと向かう。

はあ、とため息が出た。確かに、なぜ自分がいら立たなければならないのだろう。

アレクシスの心の内を反映したかのように、雨雲もどんどん大きくなり雨が強くなってきた。

まさか、自分が天候を悪くしているのだろうか。子供の頃は魔力の制御ができずに、怒りや悲しみの感情で嵐を呼んでしまったこともある。さすがに今はそんなことをやらかすとは思いたくないが——もしそうなら、学校では謹慎処分ものだ——万一のこともあるので、とにかく己の魔力がおだやかになるよう意識を集中した。

ところがそんな努力も空しく、天気は悪くなるばかり。露天商はみな店じまいをし、ダニエルとアレクシスもずぶ濡《ぬ》れになった。教会から借りた白いローブは魔法の力で防水効果を発揮してはいるが、周囲がけぶるほどの豪雨に強風、さらには頭上で雷まで鳴り出しては敵《かな》わない。聞きこみ中に教えてもらった宿屋へ足早に駆けこんだ。

「いやあ、ひどい雨でしたね。どうぞ、外套《がいとう》をお預かりしますよ。暖炉で乾かしておきましょう。巡礼の旅ですか？　お客様はお目が高い。わたくしどもの宿はこの町で一番の……」

これでひと息つける、と安心したのも束《つか》の間《ま》。宿泊手続きをしながら、宿の主人がダニエルを前に思いきり鼻の下を伸ばしているのに気がついて、アレクシスは不快もあらわに顔をしかめた。まるきり進歩なしである。

言いわけをすると——サラ・マレットはアレクシスの憧れる、清らかな聖女なのだ。加えて彼女は魔法使いとしても一流で、首都ソルフォンスの大修道院の次期修道院長候補で……本来なら、一般庶民にとって高嶺《たかね》の花のような存在なのだ。いかがわしい目つきで見るなんて行為は許されない。それを大声で言ってやりたかった。

しかしこのマレットは偽物《にせもの》だから、そんなことを思う自分のほうが間違っているのだが……。

とりあえず、ダニエルの背後に立ったまま威圧的に宿の主人を見下ろしてみた。こういう時、人相の悪さが唯一役に立つ場面である。高い位置（身長百八十七センチ）から三白眼《さんぱくがん》に見据《す》えられた主人はひっと息を呑《の》み、マレット（偽）に触れようとしていた手を引っこめて壁際まで後ずさりした。

少しだけ溜飲《りゅういん》を下げ、視線を落としてみると、ダニエルが宿帳に「エンジェル・ホワイト」というふざけた名前を書きこんでいるのが見えた。用心に偽名を使うにしても、もっとまともな名前はないのか……。ダニエルにペンを差し出されたので、アレクシスは手が触れ合わないように慎重に受けとると、少し考えてそのとなりに「ケイシー・W」と書いた。

「ケイシーって誰だ？」

二階の客室に向かう途中でダニエルが聞いてきたので、アレクシスは別段面白くもなさそうに答えた。

「父の名前ですよ、白い天使さん」

「そういえば、お前の父親はなにをやってるんだ？」

「魔法使いではないですよ。シーアロウ郡の港町で仕立て屋をしています。海がきれいな、いいところですよ。この徒弟実習がなかったら、今頃は俺もそこですごしていたはずなんですけどね……」

「面白い土産話ができて、いいじゃないか」

部屋に入って扉を閉めると、ダニエルはすぐにいつもの黒髪の少女へと姿を変えた。やはりそのほうが落ちつくのだろうか。アレクシスもほっとする。

部屋はそれなりの広さがあって、ベッドの質もまあまあ良さそうだ。前回泊まった宿といい、ダニエルは食事や宿泊施設にお金をかける質らしい。それとも、自分が一緒だから配慮してくれているのだろうか？

教会でもらった薬草のリースを扉に吊《つ》るした。こうすることで魔除《まよ》けの効果があると信じられているが、アレクシスの本音を言わせてもらえば防護魔法のほうが安全確実である。しかしこういったものは、贈ってくれた人の厚意を大切にすることに意味があるのだ。感謝の気持ちは誰もが使えるすばらしい魔法であり、それこそ魔除けの効力くらいは充分に発揮してくれるものなのだ。

窓の外では雷鳴が轟《とどろ》き、雨粒が激しく窓ガラスを叩《たた》いている。すごい音だが、この宿はしっかりとした造りで雨漏りの心配もなさそうだ。

「まだ三時なのに、暗いですね」

そう言うと、アレクシスは壁にかけてあるランタンに目をやった。

「サラマンダー」

火の精霊の名を呼ぶだけで、ポッと明かりが灯《とも》る。枕もとのサイドテーブルに置かれたランプにも同様に火をつけた。これでだいぶ明るくなった。

アレクシスは寝台に鞄《かばん》を置いて開けると、なんの気なしに中身を確認した。その時、背後からすっと白い腕が伸びてきて、アレクシスの腕をかすめそうになった。

「おい、これをお前にも渡しておくから……」

ダニエルが言い終える前に、アレクシスは弾かれたように立ち上がって反射的に差し出された腕を払いのけた。驚いたダニエルの顔と、宙を舞ういくつかの小さな箱。

床にバラバラと落ちた携帯食料を見ても、アレクシスは動けなかった。心臓がばくばくと音を立てている。

——やってしまった。これまでずっと注意深く気をつけてきたつもりだったのに、雨音のせいでダニエルが後ろに立ったのに気づかなかった。

凍りついたように動けないでいるアレクシスをダニエルは見つめ、静かに言った。

「オレはお前を殴ったりしないぞ」

アレクシスは大きく息を吐きだした。

「……わかっていますよ」声がかすれている。「すみません」

しゃがんで、床に散らばった箱を拾い集める。指がわずかに震えていた。心臓はまだ高鳴っていてうるさい。落ちつけ、と何度も自分に言い聞かせる。ダニエルが変に思うではないか。

携帯食料を拾い上げて「はい」とダニエルに差し出し、それが自分に渡そうとしてくれていた物だということに気がついた。

「あ……すみません。じゃあ、いただいておきますね……」

ダニエルに背を向け、鞄のなかに箱をしまった。

気まずい。なにか言ったほうがいいのだろうか……。

アレクシスが悩んでいると、ダニエルはすたすたと歩いてもうひとつの寝台のそばに立った。そしておもむろに腰を落とし――突然ベッドを壁際まで押していった。

唖然《あぜん》とするアレクシスの前で、脚が床にこすれるズグォオ――ッというひどい摩擦音《まさつおん》を立てながらベッドは壁にぴったりとくっついた。すごい力だ。床が傷ついて、宿の主人に文句を言われないだろうか。

ダニエルは靴を脱いでベッドに上がると、壁に背を預けるようにこちらを向いて座った。

「――お前、子供の頃乳母《うば》に虐待《ぎゃくたい》でもされたのか？」

アレクシスがまばたきをすると、ダニエルは「話したくないのなら、答える必要はないけどな……」と言い添えた。

それでやっとわかった。ダニエルはアレクシスの気が休まるように、物理的に距離をとってくれたのだ。

ずいぶんあからさまな気の使い方だ。ゆるやかにおかしさがこみ上げてきて、知らず緊張していた肩の力が抜けてしまう。

「……いいえ。乳母はいません。母は愛情を持って育ててくれましたし、誰かに虐待されたこともありません」

アレクシスは自分もベッドに腰を下ろした。なに気なく膝《ひざ》の上に乗せた手の指を組みながら、考えをまとめようとする。なんと説明すればいいだろうか……。

「でも、お前は女が怖い」

きっぱりと断言され、思わず情けないような気持ちで眉尻を下げた。

「どうしてわかったのですか?」

ダニエルは少し考えるように視線をめぐらせた。

「最初に会った時から、時おり変だなとは感じていた。それにこの姿のオレや、ローナが近づいたりすると……お前の魔力は極端に不安定になる。その揺らぎ方は、虐待されたことのある動物や子供のそれとよく似てるんだよ」

魔力の揺らぎ?　ダニエルにはそんなものがわかるのか。

「じゃあ、ブラッグさんに嘘《うそ》はつけませんね」

苦笑して、ため息とともに言った。

「……そんな、大層な話じゃないんですよ」

そろそろ観念して、話すべきなのだろう。

「十一歳の時……魔法学校一年次が終わり、夏季休暇《かきゆうか》で帰省した時のことです。俺の家は代々魔法使いを輩出している名家で、今は母が当主をしています。当然俺は次期当主となるわけですが――一族のなかにはその座を欲している人もたくさんいて、母が当主になった時も散々揉《も》めたと聞いています。今も、母と敵対している親類はいて……」

どうも要領を得ない説明になってしまう。ダニエルは黙って耳を傾けていた。

「俺には物心つく前から婚約者がいました。無用な争いを避《さ》けようと、祖母が決めた相手です。でも、そんなことは関係なく……無理やりにでも俺と結婚できれば、一族の勢力図を変えられるという考えを持つ人もいて……」

非常に前時代的な習わしだが、魔法使いの家系であるスワールベリー一族では、一番魔力を持った魔法使いが領主として君臨することが定められている。アレクシスの母も祖母も、英雄アレクサンダーの直系としてふさわしい、天性の魔法使いだった。そしてアレクシス自身も、アレクサンダーを彷彿《ほうふつ》させる膨大《ぼうだい》な魔力と才能を持って生まれた。

アレクシスが次代当主になることを誰もが認めてはいるが、アレクシスが男児だったことで新たな争いの種を抱えることとなった。女ばかりが生まれるスワールベリー一族では、代々男性の伴侶《はんりょ》を外部から迎えて婚姻を結んできた。だが、アレクシスが男なら一族のなかから優秀な魔女を娶《めと》ればいい。それまで領主の座とは無縁だった者たちにとっては、千載一遇のチャンスなのだ。

「子供だった俺は、大人たちのそんな思惑をまったく知りませんでした。権力争いに闘志を燃やす親に色々と吹きこまれた娘たちの気持ちも……。彼女たちは魔法使いばかりの一族で日々優劣をつけられ、重圧にさらされていたのだと思います。故郷に久しぶりに帰った俺が、ある晩自室で寝ていたら……」

その先のことを口にしようとすると、気分が悪くなってくる。

母が仕事で留守にしていたその日、フェリシアという四つ年上のはとこがアレクシスの部屋に忍びこんできた。わけを訊《たず》ねると、子供さえ作ってしまえば次期当主夫人になれるからだと、とんでもない答えが返ってきた。しかも一族の娘のほとんどが同じことを考えていると言う。事実、その夜に家宅侵入していたのはフェリシアだけではなかった。

アレクシスは逃げようとして彼女の魔法に対抗したが、かえってひどいことになった。フェリシアが行使した催淫魔法が撥《は》ね返《かえ》って拡散し——あとのことは、あまり覚えていない。強力な魔法を使う女性たちからひと晩中逃げ回り、朝になる頃には城塞《じょうさい》を兼ねた立派な屋敷は半壊していて、いたるところで火の手が上がっていた。まるで夜襲にでも遭ったかのような惨状だ。奇跡的に大怪我《おおけが》を負った者はいなかったが、一夜にして土地も人間関係も滅茶苦茶《めちゃくちゃ》になってしまった。

それ以来、アレクシスは故郷に帰っていない。女性に強い恐怖を抱《いだ》くようになったのは、それからだ。

すべてを話し終え、アレクシスは重く長いため息をついた。

情けないことだが、今でも思い出すと震えが走る。暗闇のなか、捕縛魔法で手足を拘束された感触。アレクシスの抵抗を得意の火魔法で真っ向からねじ伏せようと、手加減を知らない十五歳の少女が放つ、力業の攻撃魔法——

なにも言わないダニエルに、アレクシスは言いわけのように言葉を連ねた。

「だから……すみません、過剰反応だっていうのはわかっているのですが、なかなか直せなくて。ブラッグさんが男性なのは知っていますし、不快な思いをさせてしまったのなら謝りま——」

「大層なことだろ。そんなふうに自分を卑下《ひげ》するな」

アレクシスはダニエルを見た。

ずっとうつむいていたせいでわからなかったが、ダニエルはいつもどおりの落ちついた瞳をしていた。紫色の双眸《そうぼう》がランプの明かりで幻想的に揺らめいている。ふとその輝きを、黒いまつ毛がさえぎった。

「オレは日頃から、女には優しく寛大《かんだい》を心がけているけどな。年端もいかない子供に手を出すなんて行為には、虫唾《むしず》が走る」

　ダニエルは伏せたまぶたを持ち上げて言った。

「今度会ったら、思いきり蹴り飛ばしてやれ」

　アレクシスはあきれた。

　恥を忍んで最大の弱みを打ち明けたというのに、それが人生の先達《せんだつ》の助言なのか？

「そんなこと、女性にできませんよ！」

　情けない奴だとでも評されるかと思ったが、意外にもダニエルはふっと表情をゆるめて笑った。

「お前は優しい、いい男だな」

　そんなことを言われるとは予想していなかったので、驚いて言葉に詰まってしまう。まさか、真正面から褒められるとは。

　照れくささにまごつくアレクシスを面白そうに眺めながら、ダニエルは言った。

「ひとつ、お前に希望の持てる話をしてやろうか」

「？　なんですか？」

「お前には、この先良い相手との出会いがある。おそらく、生涯の伴侶となる女だ」

「……魔法使いとしての予言ですか？　せっかくですけど、これっぽっちも希望を感じないのですが」

げんなりとして言った。

できることなら、結婚などしたくはない。母は今のところ自分の味方で、女たちをアレクシスに近づけまいと助力してくれてはいるが、きっと本心では結婚して次の跡継ぎを作ることを望んでいるのだろう。考えただけで悲愴《ひそう》な気分になってくる。

「安心しろ、政略結婚の類《たぐ》いじゃない。お前が自分で選ぶ相手だ。多分な。そういう良い縁が見える。相手は心からお前のことを想《おも》っていて、お前の多難な運命を良くしてくれるような人物だ。お前も彼女を大切に想っている。互いが助け合う、理想的な二対《につい》の星だ」

おだやかに告げるダニエルになんと言っていいかわからず、アレクシスは沈黙した。

――そんなこと、あるのだろうか？　にわかには信じ難いが……というか、今、ダニエルは多難な運命と言っただろうか？　自分の未来は、そんなに大変なものなのか？

「……その話、信じてもいいのですか？」

先輩の熟練魔法使いに向かってずいぶん失礼な言いようだったが――アレクシスはあまり、占いや予言が好きではないのだ。それが非魔法の素人《しろうと》占い師によるものでも、一流魔法使いの予知魔法であっても、まだ確定していない未来の情報に翻弄《ほんろう》されたくはない。

「別に、信じる信じないは自由だけどな。ただ、お前はこれからも色々な目に遭うだろうから、少しくらい希望の持てる話があったほうがいいだろうと思ったんだよ」

「色々な目に遭うってなんですか！　なにが待ってるっていうんです!?」

戦々恐々とするアレクシスに、ダニエルは片眉を上げ皮肉っぽく笑った。

「それがすべてわかれば、人生に苦労はないだろ。ま、せいぜい山あり谷ありを楽しみながら生きるんだな」

……やっぱり、予言なんて嫌いだ。

＊

夕暮れ時には、大雨も嘘のように上がっていた。外に出てみると、地面にできた川のように大きな水たまりには、赤く染まった山々と美しい夕焼け空が映りこんでいた。その景色を崩すのがもったいなくて、アレクシスは水を踏まないように慎重に歩いた。このような光景は、魔力も投影されて増幅しているのだ。天と地の両方から自然の魔力を浴びるのは心地がよい。精霊たちがはしゃぐのも目に見えるようだ。

ダニエルの提案で、ふたりは町の大衆酒場まで出向いて夕飯をとることになった。なぜ宿の食事で済ませないのだろうと疑問に思ったが、それは店に着いてから判明した。ダニエルは店の者にも客にも積極的に話しかけ、地元のことを知りたがった。昼間と同じく、情報を集めているらしい。

それは結構だが、どうもアレクシスは気が晴れなかった。客は粗野な男ばかりで下品な言葉が飛び交っているし、通りがかった給仕の女性の尻《しり》を平気で触ったりするし――しかも触られた女性もちっとも怒らずに、そんなやりとりを楽しんでいるようだし（開いた口が塞《ふさ》がらない！）――そんな場所でダニエルが再びマレットに変身しているので、落ちつかないことこの上ない。

「では、みなさん鉱山で働いていらっしゃるのですね」

と、マレットの姿をしたダニエルが言う。

「ああ。うちは曽祖父《ひいじい》さんの代からやってるが、最近になって炭鉱がまた盛んになったんだよ。昔と比べりゃ大した規模じゃないけどな。ここいらはずっと石炭で儲《もう》けてたから、閉山になるかもって時にゃあ大変だったらしいなぁ」

「どうして閉山に？　鉱脈はあったのでしょう？」

「国からの指示で、採掘が何十年も禁止された時期があったのさ。なんでも山が危険区域に指定されたとか言ってな。みんな職にあぶれて困っちまったが、実際山に近づいたモンが次々と行方不明《ゆくえふめい》になったって話も聞いてる。今でも一部の山は閉鎖されたまんまさ」

「政府からきちんとした説明はされなかったのですか？」

「いやあ、説明なんてされたって俺たちにはわかんねぇよなぁ。結局あれってなんだったんだ？」

「俺の親父《おやじ》の話じゃあ、ここいらの山には石炭だけじゃなくって、なんか貴重な石が採《と》れるんだって言ってたぞ。魔法使いが使う魔石とかいうヤツさ。そのせいじゃねえか？」

「魔石ってなんだよ！　そんなモン、庶民にはなんの役にも立ちゃしねぇ。上の事情でふり回されちゃあこっちはたまんねぇぜ」

アレクシスは手持ち無沙汰《ぶさた》に（料理がなかなか来ないのだ……）彼らの話を聞いていたが、ふとかたわらに誰かが立った。顔を上げてぎくりとする。

「お兄さん、ヒマそうね？　連れを放ってよそのオトコたちと楽しそうにしてる女なんてやめて、アタシと仲良くしない？」

よく日に焼けた黒髪の若い女が、酒の入った杯《さかずき》を片手に媚《こ》びるような笑みを浮かべてとなりに座った。ひらひらとした薄っぺらい服を着ていて、胸の谷間を強調するように頬杖をつく。アレクシスは一瞬で真っ青《まっさお》になった。

（どどどどどどどうしよう……ッ!!）

血の気が引いて、今にも平衡感覚《へいこうかんかく》を失いそうになる。

すると、向かいの席に座っているダニエルがすっと腕を伸ばして、からになった酒瓶を女の前に置いた。

「すみません、クパム酒《しゅ》の追加をお願いできますか？　こちらにいらっしゃるみなさんの分も」

ダニエルの言葉に男たちは歓声を上げた。若い女は不満顔をしつつも立ち上がると、空き瓶を手に店の奥へと消えていった。

……そうか、彼女は給仕だったのか。というか、どうして給仕の娘が堂々と客のとなりに座って酒を飲もうとするのか。意味がわからない。

店中の客に酒がふるまわれて沸くなか、ダニエルは男たちに頼んで店内の奥の席をゆずってもらった。少しはアレクシスが落ちつけるようにとの配慮なのだろうが、情報収集はもういいのだろうか？

「お前、あれくらいのことは軽くいなせるようにならないと、この先大変だぞ」

小さなテーブルにふたりだけになると、ダニエルが言った。

「そうですよね……わかってはいるんですけどね……」

アレクシスは土壁にもたれかかり、ぐったりとしながら答えた。ああ、ひんやりとしていて気持ちがいい。

ダニエルはじっとアレクシスを観察したあと、唐突に言った。

「それで、お前にとってサラ・マレットはどういう存在なんだ？」

「な、なんですか？　急に」

「急にもなにも、普通に気になるだろ。この姿のオレが男に声をかけられるたび、熱帯低気圧みたいな魔力になりやがって」

「熱帯低気圧？」

「『暴風と雷雨の恐れあり』」

そこで先ほどの娘がやって来た。テーブルにクパム酒のボトルと杯《はい》を置く際、必要以上に身を乗り出してアレクシスに目配せをしてくる。必死に視線をそらしてやりすごしていると、彼女はわざとらしく水の入った杯をダニエルの前に置いていった。アレクシスは無言で杯に酒を注ぐと、ダニエルの水と交換する。

「このあたりの銘酒《めいしゅ》なんだ」

ダニエルは機嫌よく杯に口をつける。

「その顔で火酒《かしゅ》を飲まないでくださいよ……」

アレクシスはため息をつくと、おもむろに話し出した。

「マレット先生は、俺の尊敬する女性《ひと》です。人格者で、魔法使いとしても、教師としてもすばらしい方ですし……それに、先生には多大な恩があるのです」

「恩？」

「ある実技試験の時に……本来なら失格になるところを、マレット先生が俺の失敗を見逃してくださって、合格できたんです」

ダニエルは意外そうな顔をした。

「不正に手を貸したってことか？　彼女らしくないな。大体、お前の実力でパスできない試験なんてないだろ」

「事情があったんですよ……」

アレクシスはちびちびと水を飲んだ。

あまりこの話はしたくない。というか、マレットがそんなことをしてくれたなどと、初めから言うべきではなかった。

「ブラッグさんは、先生とは親しいのですか？」

思えば、マレットはダニエルのことを「ダニー」と愛称で呼んでいた。アレクシスの知る限りでは、マレットは生徒をみなファミリーネームで呼んでいる。

「まあ、二十五年だから長い付き合いではあるけどな。オレよりジュリアのほうが仲がいいぞ。ふたりとも同じ教会で育ったらしいしな」

言葉を切り、酒をひと口飲んでからダニエルは続けた。

「オレが魔法学校に入った頃、当時は校舎が改築中で防犯も不充分だった。今では考えられないだろうが、賊《ぞく》が押し入ったり、テロの標的になったりなんてのはしょっちゅうだった。だから教師も常駐して生徒の警護にあたっていて、連帯意識というか一種の団結力があったな。オレも襲撃事件があった時に犯人一味と対峙《たいじ》して、サラと協力したこともあったよ。彼女は白魔法の修道女だから攻撃魔法を使わないが、なかなか肝《きも》が据《す》わっていて頼もしかったぞ」

「へえ……」

今のおっとりしたマレットの姿からは想像がつかないが、なんとなく納得がいくような気もする。いざという時は毅然《きぜん》とした態度で信念を貫くのが、アルブム教の聖女なのだ。

「オレが一年で魔法学校を辞めたことで唯一残念な点があるとすれば、サラとすごした時間が短かったことだな。見てのとおり、美人でいい女だからな。夜中に起きてきた時はこんなふうにベールを脱いだ状態で、きれいな髪と寝間着姿が見られて役得だったぞ」

ダニエルは金髪に手をやって、艶《つや》っぽく微笑んでみせた。アレクシスはたちまち顔をしかめる。

「やめてください」

「怒るなよ、積乱雲。心配しなくても、当時のオレはアイリーンが死んだばかりで、色心なんて起こす余裕もなかったから。サラとは今も昔も、良い魔法使い仲間だよ」

ダニエルはボトルを手にとると、杯にクパム酒を注ぎ足した。

(ブラッグさんの師匠は、そんなに早くに亡くなられていたのか……)

九歳の時に両親を亡くし、十四歳の時には師を失った……。

どうすれば、そんなふうに大事な人の死をおだやかに語れるようになるのだろうか。

アレクシスはダニエルがうまそうに酒を飲むのをぼんやりと眺めた。

(ブラッグさんは、俺の想像が及ばないような、色々な経験を乗り越えてきたのだろうな……当たり前だけど。……あれ、そういえば)

「ブラッグさん、魔法学校を一年で辞めたっておっしゃいましたか？　異例の飛び級で、一年で卒業だったのでは？」

「サラがそう言ったのか？　……ああ、そういえば紫ババアがそういうことにしたんだっけか。オレは初めから中退する気だったんだよ。潜入捜査の一環で入学しただけだったからな。だがそれじゃあ外聞《がいぶん》が悪いだろうということで、頼んでもいないのに卒業証書を押しつけられたんだよ」

アレクシスはあごが外れそうになった。要するに、学歴詐称？　自分の試験の不正合格どころではないではないか。

（というか「紫ババア」って……。もしかしなくても、ラベンダー・アドラム校長のことを言っているんだよな）

エリシウム魔法協会の理事も務める魔法界の重鎮《じゅうちん》に向かって、なんという言いよう……。

そこへ、ようやく料理が運ばれてきた。羊肉のローストと野菜のスープ。シンプルなメニューだが、立ち上るおいしそうな香りにたちまち食欲が刺激される。アレクシスは先ほどまでの会話の内容も忘れ、ナイフとフォークを手にとった。

＊

（まったく、難儀な奴だよな）

空腹でも行儀よく整った所作《しょさ》で食事をするアレクシスを見ながら、ダニエルは思った。

まだ十七の子供だというのに、多くの問題を抱えている。

伝説の英雄アレクサンダーの曽孫で、広大なスワールベリー領地の次期当主でもあり、膨大な魔力と才能を持ちながらも女性恐怖症に悩まされている。そのせいで性的なことには潔癖《けっぺき》、かと思えば恋愛対象外の異性に憧れるなど、どうやら女に夢を抱《いだ》いている節もある。

（その上性格は善良で、繊細だしな）

身内でなくても、前途が気になってくるではないか。おかげで思わず貴重な魔力を半分以上も使ってアレクシスの未来を透視してしまった。

本人に伝えたとおり、アレクシスを助ける奇跡のような存在が視《み》えたのは吉兆だろう。

しかしまあ、ずいぶんと変わった星の相手と縁になるようだ。その娘――おそらく娘だろう――は、鏡のような性質を持っている。

アレクシスを助けるのは間違いないが、それはアレクシスが彼女を助けるからだ。アレクシスが愛情や優しさを向ければ、彼女はそれをそっくりそのまま返してくれる。そうして互いのあいだで常に正の循環が起こる、理想的な関係性だ。そんな星は今までに見たことがない。

しかし言いかえれば――万が一、アレクシスが正道を外れ、邪道を行けば、彼女も同じ道を行く。それだけならまだしも、アレクシスが怒り、憎み、攻撃すれば、彼女も鏡のように同じ姿になる。常に負の循環が起こり、増幅され、世界に影響を及ぼすことになるだろう。アレクシスが魔法使いで、その強大な魔力を思えば、これは決して大げさな話ではない。

つまり、この少年が今後どんな人間に成長していくかが鍵なのだ。

歴史にその名を刻むアレクサンダー・スワールベリーの曽孫。魔法業界がその存在を放っておくわけがない。だからこそ、アレクシスの未来には危うさが付きまとっている。平和条約が実現してから五十年、この世界が本当に平和だったことなどない。戦争を知らないダニエルでさえ、いやというほどそれを実感している。もしアレクシスが魔法庁に勤めるようなことがあれば、その肩書と能力をいいように利用され、否《いや》が応《おう》でも国家の思惑に巻きこまれていくだろう。

ダニエルはあらためて考える。自分がそばにいることで、この少年にどんな影響を与えているだろう。間違っても、他者の命を奪う自分のような魔法使いにはなって欲しくない。

（オレも大概《たいがい》、おせっかいだな）

ダニエルに先読みの魔法を教えてくれた、優秀な占い師の女性は言ったものだ。

『あなたは占い師に向いていないわ。お客人の不幸が見すごせず、そのたびに助けたくなってしまったら商売人にはなれないもの』

優しく諭《さと》す笑顔を思い出し、苦笑いするしかない。

ダニエルとそっくりの紫色の瞳をしていた彼女は、他にも多くのことを教えてくれた。

予知はあくまで予知。未来はいくつもある束のようなもので、どれが現実になるかはその瞬間《とき》になるまでわからない。そして占いは当たり外れが重要なのではなく、本人がなにを選択するかが大事なのだ。『だから、余計な心配はしないこと』

「なんですか？」

皿をからにしたアレクシスが、視線に気づいて顔を上げた。

「別に」

答えながら、みずからも最後の羊肉を口に運ぶダニエルは視界の端に飛んでくる物を捉《とら》えた。

「お」

「わっ」

アレクシスの顔に当たったそれは、誰かの薄汚れた帽子である。店内はいつのまにか下手くそな歌の合唱で盛り上がり、みなが楽しそうに踊っている。

「なんで、お祭りでもないのにこんな騒ぎになるんですか……」

あきれた様子で、汗と土の匂いが染みついた帽子の持ち主を見つけようと店内を見回すアレクシスに、ダニエルは笑って言った。

「陽気でいいじゃない。あなたも一緒に踊って来たら？」

「冗談言わないでくださいよ、俺はこういう場所は苦手です」

アレクシスが言い終わらないうちに、大柄な男が勢いよくぶつかってきて「うっ」となる。

「なんだぁ！　兄チャン、辛気《しんき》くさい顔してんなぁ！　ホラ、もっと酒を飲めよ！」

アレクシスが「いえ、結構で……」と言うのが相手に届く前に「なんならいい店紹介してやるよ！　どんな女が好みだ？」と聞かれて絶句する。

「おいおい、そんなべっぴんさんの連れになんてこと言ってんだよ！」

「はっはっは、そうだったなぁ！　でもなぁ兄チャン、男なら色んな女を試《ため》して損はないぞ！」

「そうだ！」

「いやいや、やめろって！　お嬢さんの前だろうが！」

「嬢ちゃんには俺がいるじゃねぇか！」

「お前みてぇなブサイクが相手にしてもらえるかよ！」

「あはは、違いねえ！」

男たちが大声で交わすあけすけな言葉の数々に、アレクシスはなにも返せない。

ダメだ、耐えられない。今すぐこの場を離れたい。

「俺、帰ります！」

椅子《いす》の背にかけていたローブを手にして勢いよく席を立った。

ところが「なんだなんだ、帰るのかよ」とからまれる。あああ、面倒くさい。

彼らに余計なことを言ってしまわないようにと、テーブルに置いてあった杯を手にしてひと息にあおった。水だと思って飲んだそれは、クパム酒がたっぷり注がれた杯である。

「あ」

ダニエルが気がついた時にはすでに遅し。火がつくほどアルコール度数の高い蒸留酒をストレートで一気飲みだ。

「大丈夫か？」

普通ならむせそうなものだが、アレクシスはやけに静かだった。コト、と落ちついた動作でテーブルに杯を置くと、男たちをふり返って言った。

「お心遣いありがとうございます。ですが、お断りいたします。女性は『試す』ようなものではなく、大切にしたいと思う存在ですから」

そばにいた男たちは、一瞬呆気《いっしゅんあっけ》にとられたように黙った。

「これ、あなたのでしょうか？」

と、おだやかに言って帽子を手渡すアレクシス。

どうも様子が妙《みょう》だ。あまりに落ちつき払った態度なので、相手の男も酔いが醒《さ》めたように
「あ、ああ……」と言って帽子を受けとった。

そこへ、先ほどの娘が現れた。

「やぁだ、もう帰っちゃうのぉ？」

鼻にかかった声を出し、細い指をするりとアレクシスの腕にからませる。

「ねぇ、明日には町を出ちゃうんでしょ？　今夜アタシの部屋に遊びに来てよ、鍵は開けてお

くから、ね？」

小声でささやいているつもりらしいが、耳のいいダニエルにはしっかり聞こえていた。

あーあ、また助け船が必要か？

しかしダニエルが行動を起こすよりも早く、アレクシスは娘に向き直って真っすぐに彼女を見下ろすと、驚いたことに娘の肩に手を置いてふっと微笑んだ。

「会ったばかりの男に、軽々しくそんなことを言ってはいけませんよ。あなたは妙齢のすてきな女性です。自分を大事にしてください」

なぜか貴公子のような調子で言い、相手の頬に触れてすっとなでた。見つめられた娘はにわかに赤くなり、別人のように大人しくなって「はい……」と陶然《とうぜん》と返事をする。

おい、急にどうした。

アレクシスはくるりとこちらを向くと、椅子を引いてゆったりと着席した。

「帰るのではなかったの？」

ダニエルの言葉に視線を合わせると、ふっ、と笑う。なんだ、その笑み。

「あなたを置いて、先に帰ったりしませんよ」

色男みたいな甘い声で言う。

（変わった酔い方をする奴だなぁ）

ダニエルは妙に感心した。

（魔力もずいぶん、変化しているな）

普段のアレクシスは、魔力エネルギーの出入り口——ダニエルは「窓」と呼んでいる——を固く閉じている。みずからの強大な魔力を制御しようという理性が、無意識にそうさせているのだろう。精霊の気配を感じとろうとする時にはふっとそれがゆるみ、魔法を発動する時にはその規模に応じてうまく開閉している。

ところが今やすべての「窓」が全開になり、解き放たれた魔力エネルギーはとんでもなく旺《おう》盛《せい》だ。ちょっとナイフで刺したくらいでは傷ひとつつけられないほどのパワーが全身に漲《みなぎ》っている。こんな相手を前にすれば、普通の人間は見えずともその魔力《オーラ》に圧倒、または魅了されるだろう。

（さすがはアレクサンダー・スワールベリーの曽孫ってところか）

英雄アレクサンダーが数々の女性と浮き名を流したのは有名な話である。アレクシスも恐怖症《トラウマ》さえなければこんなふうに魔力で人を惹《ひ》きつけ、曽祖父《そうそふ》のような伊達男《だておとこ》になっていてもなんら不思議はない。

ダニエルは面白がって、テーブルに頬杖をついた。

「そう？　私のことも口説《くど》く気なのかしら？」

サラ・マレットの顔で微笑む。アレクシスは泰然《たいぜん》とかまえて答えた。

「口説くだなんて、とんでもない。私はあなたを心から尊敬していますよ」

ほーう？

「それは初耳だわ。私のどこを敬《うやま》ってくれているの？」

「あなたはすばらしい方です」

アレクシスはダークグレーの瞳を細めると、ゆったりとした口調で言った。

「あなたはとても優秀な方です。にもかかわらず、それを少しも鼻にかけない。真摯《しんし》に仕事に向き合っていらっしゃる。それも当たり前のこととして。それに、あなたはとても優しい。ニクス山麓で助けた人々にあたたかい心を向け、死にゆく人のために祈っておられた。未熟な私にも、いつも気を配ってくださる。私が幼なじみを傷つけた話をした時、お前のせいじゃないと言ってくださった。今日、打ち明け話をした時もそうですね？　自分を卑下するなと言って、肯定してくださいました。私がどれほど嬉《うれ》しかったか、おわかりですか？」

ダニエルは思わず頬杖をついた手から顔を浮かせた。

（こいつ、本当に酔っぱらっているのか？）

アレクシスはダニエルをじっと見つめると、静かに言った。

「あなたの瞳はきれいだ」

は？

「紫水晶《アメシスト》のようです。いつもそう思っていました。それなのに、どうして私は今まで口に出して言わなかったのでしょうね？」

（……知るかよ）

アレクシスの魔力《オーラ》の状態を見れば、本人にはなんの意図もないというのがわかるのだが……こうも魔力を激しく燃やしながら熱心に見つめられると、なんだか本当に口説かれているような気分になってくる。

ダニエルは愛想笑いでさらりと受け流した。

「まあ、そうだったの？　ありがとう。この目の色はお母様から譲り受けたものなのよ」

「これからは思うたびに口にします。あなたは優しい。心根がきれいだ。尊敬しています。美しい瞳に見とれます」

アレクシスは熱っぽく続け、魔力はどんどん燃え盛りふくらんでいく。本人の制御を失っていないのが不思議なほどに。おいおい、さすがに危ないぞ。

ダニエルはアレクシスの魔力を落ちつかせようと手を伸ばした。魔力に直接触れ、なだめるようにおだやかな波動にしてやるつもりで。しかしなぜかその手をとられ、両手でぎゅっとにぎられた。アレクシスはダニエルの瞳から目を離さないまま、よどみなくすらすらと言葉を連ねた。

「あなたのもとに来られてよかった。私はあなたに認められたい。学校の単位のためではなく、あなたの役に立ちたいのです。おっしゃってください、私はあなたのために、なにができますか？」

やりとりをうかがっていたギャラリーが、わっと歓声を上げて囃《はや》し立《た》てた。

アレクシスはそれをちらりと見やるとダニエルに視線を戻し、酔っぱらいとは思えない余裕たっぷりの様子で微笑んでみせた。

そして――ダニエルにしか気づけないことだが、アレクシスはその身にまとうエネルギーをふわりと変化させた。ダニエルの魔力《オーラ》に似せて、その波動を合わせてきたのだ。ソロで楽器を演奏している相手に即興で心地よいハーモニーを乗せてくるような絶妙な芸当。

というか、これはダニエルが仕事中によく使う得意技なのだ。これほど一瞬で相手の心の壁を崩してしまう方法もない。効果のほどはよく知っている。逆に、相手に使われてこれほど面食らうものもない。ダニエルは信じ難い思いでアレクシスを見つめた。

まさかこの自分が、ふた回りも年下のガキの口説き文句に言葉を詰まらせるとは。

「私、帰ります！」

アレクシスの手から自分の手を引っこ抜くと、ダニエルは立ち上がった。先ほどとは立場が逆の光景である。

酔っぱらいを相手にまともに付き合うほど馬鹿らしいこともない。テーブルの上に銀貨五枚を置いてさっさと立ち去ろうとすると、周囲の客たちがますます喜んで声を上げた。アレクシスが後ろにぴったりとくっついて来るからである。

「なんなんだよお前は！」

店を出るなり、ダニエルは悪態をついた。アレクシスはおだやかな笑みを浮かべている。

「あなたが帰るのなら、もちろん私も一緒に帰りますよ」

ダニエルはマレットの顔でアレクシスをじろりとにらんだ。こいつ、オレが誰だか本当にわかってるんだろうな？

「……まあいい。帰るぞ酔っぱらい。明日も朝早いからな」

「おおせのままに、白い天使さん。私はあなたの護衛でしたからね？」

「おい。それ以上しゃべったら、尻を蹴り上げるぞ」

ダニエルはうんざりとして言うと、宿までの道をやけに長く感じながら歩いた。

*

翌朝、窓から差しこむ光でアレクシスは目を覚ました。

まぶしさに目をすがめながら寝返りを打ち、となりのベッド（壁際に押しやられて、となりと言うには遠い距離にあるが）の上に座した黒髪の少女に気がついた。目を伏せて、あぐらに似た変な座り方をしている。えーと、なにをしているのだろう？

ダニエルはすっとまぶたを起こすと、アレクシスを見た。

「起きたか、クソガキ」

「あ……はい、おはようございます」

なぜ、いきなりクソガキ呼ばわりされるのだ？

「気分はどうだ。二日酔《ふつかよ》いにはなっていないな？」

「いえ……えっと、……あれ？　俺、昨日酒を飲んだのですか？」

そういえば、昨夜のことが途中から思い出せない。

ダニエルは無言になって眉根を寄せた。

（あ、あれ、怒っている？）

アレクシスは恐る恐る訊ねた。

「あの……すみません、もしかして俺、なにかご迷惑をおかけしましたか……？」

ダニエルはさらに沈黙した。

（ど、怒鳴られるより怖いんですけど……！）

アレクシスがびくついていると、ダニエルは急に声を張り上げて言った。

「とにかくお前は今後一切酒を飲むな！　わかったか!?」

「え、あ、はい！　すみません！」

「よし」

ダニエルは結跏趺坐《けっかふざ》を解くと、ぽん、とベッドから飛び下りて毛足の長いラグへと着地した。

反射的に謝ってしまったが、結局自分はなにをしでかしたのだろう……。

どうにも釈然《しゃくぜん》としない。

「ほら、さっさと支度しろ。飯食ったらすぐに宿を出るぞ」

ダニエルはベッドを引きずってもとの位置に戻していたが、ふと思い出したようにアレクシスをふり返った。

「なあ、お前あとで魔法学校に連絡してみろよ。夏季休暇のあいだだけでも攻撃魔法の使用制限を外してくれるように、オレがあの紫ババアに話をつけてやるから」

「え……」

どうして、突然そんなことを言うのだろう？

とまどい顔のアレクシスに、ダニエルは真剣な面持ちで言った。

「オレの取り越し苦労だといいけどな。正直あまり楽観できる状況じゃないんだよ。お前が無事に魔法学校に戻るまで、確かな安全は保証してやれない。学校でも対戦魔法の訓練《くんれん》はやっただろう？」

「あー……それが……」

急に目を泳がせるアレクシスに、ダニエルは怪訝《けげん》な顔をした。

「なんだ？」

「実はその、俺、戦闘用の魔法は使えないんです。攻撃魔法の実践《じっせん》授業も免除してもらって、受けていなくて」

「はあ？」

攻撃魔法が使えない？　戦時中は鬼神のごとく恐れられたアレクサンダーの曽孫が？

ダニエルの表情を見て、アレクシスはあわてた。

「俺は人を傷つける魔法を使いたくないんです。子供の頃、魔力を制御できずに暴走させてしまうことが何度かあって……きちんと魔法を操れるようになってからも、ずっと考えていました。俺がその気になれば、魔法でいくらでも破壊行為ができる。たとえ理性でそうしなかったとしても、強い力を持つというのは危険なことです。多大な責任が生じるだけでなく……人に脅威を与えます。俺の故郷では代々力を持つ魔法使いが領地を治めてきましたが、それが純粋にふさわしいという理由でその地位に就いているのではなく、力で威圧した側面があることに気がついていました。だから俺は、攻撃魔法を習得する意義を見出《みいだ》せないのです。実家にいた時もなるべく覚えないようにしていましたし、いつか怒りに駆られて使ってしまうことのないように、魔法学校に入ってからは自分自身に制約をかける術《すべ》を探していました」

「精霊を介して成立する、攻撃魔法を封印する正式な契約か？　そんなこと、お堅い教師どもが認めたのか？」

「いえ……もちろん反対されましたよ。保護者の許可もなくそんなことはできないと。実戦訓練の授業も受けたほうがいいと言われましたが、俺は誰も傷つけない魔法使いになるのが目標なので、どうしても攻撃魔法を使えと言われるのなら退学するつもりでした。そうしたら先生方に必死に止められまして……」

　アレクシスは歴代の生徒のなかでも抜きん出た成績であるし、スワールベリー一族は学校に多額の寄付をしているから当然だ。

「それで、他の科目では常に首位を守ることを条件に、特例で授業の免除が認められたのです。けれど実際は、そう簡単にはいかなかったのですけれど」

「抗議する奴が出た？」

「ええ……あまり反感を買わないようにしてきたつもりでしたが、面白くないと思われても当然ですよね。異論を唱える生徒の声が大きくて、学校側も無視できなかったんです。生徒側からの要求で、俺が本当に攻撃魔法を使わずに魔法使いとして通用するのか試験することになりました。制限時間内に俺が他の生徒の罠《わな》や攻撃魔法から逃げ切って、無傷でいられたら合格、という条件です」

　ダニエルは鼻を鳴らした。馬鹿馬鹿しい。

「過激だな」

「先生方はやめさせたかったのだと思いますが、そうでもしないと騒ぎが収まらなくて。その代わり、俺も自分の要求を申し立てました。この試験に合格したら、学校側は攻撃魔法を制約する方法を俺に教え、精霊との交信を仲介し契約を成立させること。そして魔法使いの資格を取得する際に、それが理由で不合格にならないように口添えしてくれることです」

「なかなかしたたかじゃないか」

「学校の古い体制や、融通《ゆうずう》の利かなさには嫌気が差していたんですよ……。まあそれで結局、その試験を受けました。日頃俺のことをよく思わない生徒がいっせいに襲いかかってきたので肝《きも》が冷えましたけど、なんとか時間ぎりぎりまでしのいで……」

　アレクシスは言葉を切ると、はあ、とため息をついた。

「でも、最後の最後に、攻撃を食らってしまったんです。見た目にはわからなかったのですけれど、浸透系の……内臓に損傷を与える種類の魔法にやられました。その直後に制限時間がきて合格を告げられた時、正直に申告するか悩みました。不正に合格するのも不本意でしたし、それ以上に、すぐさま医務室に直行しないと危険だったので。でも、マレット先生が俺の異変に気がついて、治癒《ちゆ》魔法で治してくださったのです。誰にも知られないように、こっそりと。そうして俺に言ってくれました」

『あなたが目指している道は、とても立派なものよ。自分を信じて、その志を大切にしなさい』

　誰にも肯定してもらえなかったなかで、唯一かけられた激励の言葉だった。感謝の念にたえないし、あれ以来、マレットはアレクシスにとって憧れの女性となった。

「なるほどな。それで、お前は攻撃魔法を封印したのか？」

「えー……それがですね。結局、それは叶《かな》わなかったんです。アドラム校長に契約魔法を媒介《ばいかい》してもらう予定だったのですが、『契約で己を縛るのはおやめなさい。攻撃魔法を使いたくないのなら、ただみずからを律すればいい。制約に縛られることで安心を得ようとするのは未熟な証《あかし》よ』と諭されて……」

確かにそのとおりなのだが、うまく丸めこまれてしまったような気がしなくもない。

「あのババアはタヌキだからな」

タヌキって……。まあ、百戦錬磨《ひゃくせんれんま》の魔女に弁舌で敵うはずもない。結果、アレクシスは本来の目的は果たせなかったが、対戦実践訓練の授業は無条件免除という権利を得た。

「ですので……すみません、ブラッグさん。俺は攻撃魔法の呪文はほぼ知りませんし、使えないんです。せっかく配慮いただいて申しわけないのですが……あっ、その代わり、防御魔法なら得意です！　結界も回避も目くらましも、おそらく一人前の魔法使いに劣らないくらいの力はあると思うので、その、試験では失敗しましたが、あれからさらに鍛錬《たんれん》を積んできましたし、ブラッグさんのご迷惑にならないように、きちんと自分の身は守りますから！」

あせってまくし立てると、ダニエルは突然声を上げて笑い出した。

「え……ブラッグさん？」

呆気にとられるアレクシスを前に、ひとしきり笑ったダニエルは、意外なほど晴れやかな笑顔を見せた。

「まったく、お前には驚かされるよ」

戦争の英雄の末裔《まつえい》が、徹底した非暴力主義とは。

（オレの考えは、はなから杞憂《きゆう》だったわけだ）

この少年は、ちゃんとわかっている。お坊ちゃんで、世間知らずだが……本当に大事なものを選びとれる賢さを備えている。

不思議そうな顔（間の抜けた顔とも言える）でこちらを見るアレクシスに、ダニエルは心から微笑んで言った。

「お前は、いい魔法使いになるかもな」

そう、今日でお別れなのが少々残念に思えるくらいだ。

アレクシスは魔法捜査局南支局の捜査官に預け、魔法学校まで送り届けてもらうことになっている。徒弟実習は終わり。あと数時間で、この魔法使いの卵とはさよならなのだ。

第六章

死の洞窟

「自分が大人しく投降するから そのあいだに逃げろだなんて、言いませんよね」

THE ROAD TO WIZARD

「ここは、戦時中に偉大な白魔法使い・聖マルコム師が反戦の意を示し活動した聖地です。負傷者を癒《いや》し、行き場のない人々を受け入れ、国から追われる兵士を敵味方の区別なく匿《かくま》い保護しました。彼はオムニス帝国の密偵であるとの嫌疑《けんぎ》をかけられた際にも毅然《きぜん》とした態度を見せ、神の教えそのままに、みずからの信念を貫きとおしたのです……」

聖アルブム教会の司祭が語る。十数人の人々が静まり返って聞き入るなか、アレクシスもそれを見守っていた。他の人より背が高いので、最後列でもその様子はよく見える。

「教会の墓所にマルコム師は眠っておられますが、師を慕う多くの人々はこの場所に足を運ばれます。みな様もどうぞこちらの祭壇に祈りを捧《ささ》げ、灯《あか》りを供《きょう》してください」

司祭が脇に退《の》くと、壁際に控えていた修道士たちが細長い蝋燭《ろうそく》を人々に配って歩いた。初めに司祭が祭壇の灯りから蝋燭に火をつけ、それを持ってひとりひとりの蝋燭に火を灯《とも》して回ってくれる。

古来より、火には神聖なものが宿ると信じられてきた。その火を分かち合うことは、すばらしい宝物を贈り合うことを意味している。

火を与えることは慈愛を恵む行為を表し、受けとった者は感謝と敬意でもってそれを祭壇《神のみもと》にお返しする――アルブム教の謳《うた》う神聖な愛の環《わ》を象徴した儀式だ。暗い地下室のなかにひとつ、またひとつと、あたたかな明かりが広がっていった。

アレクシスは横に立っているダニエルをちらりとうかがった。巡礼用の白いローブのフードからのぞく淡い金髪と花のような顔《かんばせ》――まだサラ・マレットの姿をしたままだ――はとても美しく、静かに祭壇を見つめている。

（俺たちも儀式に参加するのだろうか？）

疑問に思っているうちに、アレクシスも修道士から蝋燭を渡されてしまった。ダニエルも別の修道士から蝋燭を受けとっている。どうやらこのまま礼拝《れいはい》するつもりのようだ。

今朝、ダニエルから「もう一度この町の聖アルブム教会へ行く」と言われたアレクシスはその理由を訊《たず》ね、「巡礼者用のツアーがあるから」という答えにますます首をひねった。

本物の信徒でもないのに、なぜ巡礼ツアーに参加を？　なにか深い意図でもあるのだろうかと思い黙ってついて来たが、本当に聖地を訪れているだけで今のところなにもない。ダニエルはなにを考えているのだろう？

しかし巡礼地の見学は、アレクシスが事前に想像したよりもとても有意義な時間だと感じた。

魔法戦争は暗い負の歴史だが、そのような状況下でも懸命に平和を願って尽力した人は存在したのだ。今の時代を生きる自分たちはできるだけそれを知り、忘れずに心に留《とど》めたいと思う。人々が切に望んだ平穏な暮らしを守り続け、二度と悲劇をくり返さないために。

アレクシスはダニエルに続いて祭壇の前にできた列の最後に並んだ。美しい炎の明かりがきらめくなか、みなの静かな祈りがその場を満たしていく。

ここは地下だというのに広々としていて、閉鎖的な感じがしない。硬質地盤を掘って造られたこの礼拝堂は、災害時の避難所としての役割を考えて埋設されたそうだ。結果、戦時下には多くの避難民や負傷者を受け入れることができたという。

祭壇に蝋燭を立て終わると、巡礼者たちは修道士に案内され、地上に至る階段を上っていった。教会の中庭にある聖マルコムの墓所へ参るらしい。

蝋燭を手向《たむ》け終わり、アレクシスもそちらへ向かおうとしたが、ふとダニエルが祭壇の前から動かないでいるのに気づいた。不思議に思っているうちに、地上へ続く扉がぴたりと閉ざされてしまう。

「え……」

アレクシスは扉とダニエルを交互に見た。置いていかれてしまったが、いいのだろうか？

地下礼拝堂に残っているのはアレクシスとダニエル、それから壮年の司祭だけだ。

アレクシスと目が合うと、司祭は微笑《びしょう》した。

「お待たせいたしました。こちらへどうぞ、おふた方」

そう言うと司祭は祭壇の裏に回った。石組みの台座に両手をつくと、ゆっくりと石板が横にずれていく。そこにはぽっかりと暗い穴が空《あ》いていた。人がひとり通れるくらいのすき間だ。よく見るとなかは階段になっていて、さらに地下へと続いているのだとわかった。

「ランタンの用意がございます。どうぞお持ちください」

司祭の言葉に「ああ、ありがとう」と言ってダニエルはふたつのランタンを受けとった。祭壇から火を拝借して明かりをつける。

「世話をかけてすまない。ご協力に感謝します」

「オーッ捜査官を始め、あなた方には多くの命を救っていただいておりますから。どうぞお気をつけて。道行きに、神のご加護があらんことを」

ダニエルは司祭と握手を交わすと、アレクシスにランタンのひとつを押しつけ、真《ま》っ暗《くら》な穴のなかへ下りていってしまった。アレクシスは司祭に挨拶《あいさつ》をすると、急いでそのあとを追いかけた。

階段を数段下りたところで、ズズズ……と石板のこすれる音がして頭上の入り口が閉じられた。闇一色の地下に閉じこめられて、なんとも不気味な心地がする。アレクシスは、古い神話に登場する冥界へ旅をする男の話を思い出した。深い闇のなか、地獄へと至る道をひたすら下りていく……。

（でも、先をブラッグさんが歩いているせいか、あまり怖くは感じないな）

普段のアレクシスは暗闇が少し苦手なのだが。目の前の小柄な少女の姿をした人物が、本当はとても頼りになる存在だと知っているからだろうか。それとも、ランタンのあたたかい熱と光、それに宿る火精霊《サラマンダー》の気配のせいか。はたまた、教会でかけてもらった守護魔法のおかげか。

長い階段が終わっても、複雑に入り組んだ道が続いていた。まるで迷路だ。ダニエルとはぐれたら、あっという間に迷子《まいご》になって二度と地上には戻れない気がする。

そろそろ黙っているのが耐《た》え難《がた》くなってきたと思う頃、ようやく広い場所に出た。見渡すと、そこは天井の高いトンネルだった。ここが本道なのだろうか？　暗くて先が見えないが、風が流れてくる様子から、ずっと遠くまで続いているのがうかがえる。

「ここは……？」

地下にこんなものが造られていたとは思わなかった。壁や床の造りからして、古くからあるものだと想像がつく。

「魔法戦争の遺産だよ。ここはオムニス帝国との国境だから、秘密裏に軍用の施設が造られていたんだ。大量の兵器を収容し、軍隊を隠密《おんみつ》に動かすためにな」

そう説明するダニエルは、もうマレットではなくいつもの少女の姿に戻っていた。フードを下ろし、長い黒髪がさらりと揺れる。

「白魔法の教会の地下に、そんなものがあったのですか？」

「別にアルブム教が軍事に加担していたわけじゃない。むしろ、捕虜《ほりょ》を逃がして匿うために今通ってきた道が使われていたらしい。ま、実際のところはわからないけどな」

ダニエルはじっとトンネルの先を見据《みす》えている。ふと、視線の先で小さな明かりが見えた。気のせいかと思ったが、チカ、チカ、と確かに光が瞬《またた》くのが見える。

ダニエルはローブの袖でみずからのランタンの明かりを隠した。かと思ったら、ランタンを上下させて断続的に明かりをちらつかせる。そうか、遠くにいる相手と信号を交わしているのだ。

「無事に迎えが来たようだな。行くぞ」

言うが早いか、ダニエルはもう前方の明かりに向かって歩き出していた。

「迎え？」

「魔法捜査局の捜査官だよ。ここで落ち合えるように、昨日教会で手配しておいた」

巡礼服を借りるなんて言って、教会に行ったのはそのためだったのか。どうりで、ダニエルが出て来るのが遅かったわけだ。

わざわざこんな人目につかない場所で合流するなんて、ダニエルの仕事はそれほど危険なものなのだろうか。一昨日《おととい》、通信魔法でジュリアと交わしていた会話からは、テロを阻止する任務にあたっているということがわかったが……。

今朝宣言したとおり、もちろんアレクシスは自分の身は自分で守るつもりだ。しかし本当に、ダニエルの足手まといにならないと言えるだろうか？　自分がついて行って、人の命を救う力になれるだろうか？

「ブラッグ特別捜査官！」

いつのまにか、前方からやってきた人影がすぐ近くまで迫っていた。ランタンではなく光精霊《ウイルオウイプス》の明かりを掲げたその人は、三十前後とおぼしき女性だった。ハニーブロンドの髪をきっちりと結わえ、青灰色《せいかいしょく》のローブに身を包んでいる。鍛《きた》えられた身のこなしできびきびと敬礼をした。

「刑事部のリビー・ラムと申します。お会いできて光栄です」

ダニエルは苦笑し、握手の手を差し出した。

「捜査官じゃあないな。ただのダニエル・ブラッグだよ。よろしく、ラム捜査官」

「失礼いたしました。同僚のバッセルがすでに転移魔法の準備をしております。そちらが保護対象の学生さんですね？　我々が責任を持って魔法学校までお送りしますので、どうぞご安心ください」

ラム捜査官に微笑《ほほえ》みかけられ、アレクシスは目をしばたたかせた。

「転移魔法の発動まであと七分ほどです。参りましょう」

そう言ってラム捜査官は踵《きびす》を返し、来た道を足早に戻り始めた。アレクシスがダニエルのほうを向くと、紫色の瞳《ひとみ》はじっとこちらを見ていた。

「そういうことだ、優等生。お前はここで、学校に帰れ」

アルトの声でそう告げると、さっと背を向けて歩き出してしまう。アレクシスはあわててそのあとを追った。

「ブラッグさん……！」

「単位については心配するな。お前は魔法使いとしては申し分ない。なんならあとで直接紫ババアに言っといてやるよ」

「そんなこと！　……あ、いや、それはありがたいですけど、そうではなくてですね！」

ダニエルはふり向いた。

「もうお前を連れては行けない。わかるな？　これ以上言わせるな」

きっぱりと言われ、アレクシスは言葉を失った。思わず足が止まり、その場に棒立ちになる。ダニエルも歩みを止めた。

「ブラッグ捜……ブラッグ氏？」

数メートル先でふり向いたラム捜査官に、ダニエルはアレクシスから視線をはずさないまま言った。「少しだけ待ってくれ」

ダニエルはなにも言わなかった。アレクシスの返事をただ待っている。自分がこの人たちに迷惑をかけていいはずがない。けれどもあまりに突然のことで、どう受けとめればいいのかわからなかった。

(単位不足は解決して、進級できる。徒弟《とてい》実習が終わったのなら、俺は晴れて自由な夏休みを送れる……)

なにも不満に思うことはないはずだ。魔法捜査局の元捜査官の下《もと》、災害現場で救助活動という、これ以上ない実地体験だってさせてもらえたではないか。学生の身分では充分すぎるほどだ。

アレクシスはダニエルの双眸《そうぼう》を見つめた。わずかな時間目を閉じて、静かに深呼吸する。

「わかりました。帰らせていただきます」

そして言った。

「けれど、ブラッグさんが今の仕事を無事終えたら、徒弟実習を再開してください」

「はあ?」

唖然《あぜん》としたダニエルに、アレクシスは真剣に言った。

「実習の期間は一週間です。今日でまだ四日目ですよ。せめて残りの三日と半日分、俺に見習いとして学ぶ時間をください」

「お前はなにを言ってるんだよ。オレは正式な魔法使いですらないんだぞ」

ダニエルはあきれ返った様子で、こちらの正気を疑う口ぶりである。

確かに三日前の自分なら、こんなことを言い出すなんてあり得なかった。でも、もう気がついてしまったのだ。

「肩書なんてどうでもいいんです。あなたは立派な方だ。俺は、ブラッグさんのもとで学びたいことがたくさんある。その機会をふいにしたくないんです」

ダニエルは開いた口が塞《ふさ》がらないようだ。アレクシスはなんとか説得を試《こころ》みようと、早口でまくし立てた。

「俺はあなたを尊敬しているんです。あなたのもとに来られてよかったと、本気で思っています。単に学校の単位のためではなくて、俺はひとりの人間としてあなたに認められたいし、できることならブラッグさんの仕事の役に立ちたいんです」

「……それはもう昨日聞いた」

ダニエルは額《ひたい》に手をやり天を仰ぐと、心底うんざりしたように言った。アレクシスの熱弁に心動かされた様子はない。

「いいか。よく聞け、優等生。お前はオレを見誤っている。平和な学園生活からは考えられないような体験をして、高揚してるんだよ。お前は未知の世界に対する興味や期待でいっぱいになっている。だからその世界へとつながる存在に思えるオレを過大評価したくなっちまうんだ」

「そんなんじゃ……」

「いいから、黙れ。押し問答はなしだ」

そう言うと、踵を返して地面を蹴った。アレクシスを置いていく勢いで駆けていく。

「お急ぎください」

ラム捜査官も走り出した。仕方なく、アレクシスも黙ってふたりのあとを追った。

一方的に話を打ち切られてしまったが、なぜだか腹は立たなかった。それよりも、残された時間でどうやってダニエルに自分の気持ちをわかってもらえばいいだろうかと頭を悩ませていた。しかし思っていることはもう全部口に出してしまったし、これ以上言《い》い募《つの》っても煙たがられるだけだろう。

(それに、さっき言われた言葉)

自分ではそんなつもりはなかったが……もしかすると、ダニエルの言うこともっともなのかもしれない。この人といる非日常に、自分は魅《み》せられている。それを否定することはできない。でも、たとえそうだったとしても、それだけではなくて……。

(ああ、ダメだ。もっと冷静に考える時間が欲しい)

自分の心の内も把握《はあく》できていないのに、ダニエルを説得するなんてできるはずがない。けれどもゆっくり考えているひまはないのだ。きっとここで別れてしまったら、もう二度と会う機会はめぐって来ない。

「もうすぐです。その先の角を右に曲がったところに、転移魔法を用意してあります」

走りながらラム捜査官が言った。そして、すぐに眉をひそめる。

「……おかしいですね。もう魔法陣の光が見えていてもいいはずなのですが」

ラム捜査官は立ち止まり、ふり向いて言った。

「先に行って見て参ります。おふたりはこちらでお待ちください」

「いや、待て。まずは通信魔法で相棒に連絡をとったほうがいい」

ダニエルの言葉に、ラム捜査官は首をふった。

「敵に傍受《ぼうじゅ》されるかもしれません。すぐに戻って参りますので、お待ちを」

そう言うと彼女は光精霊《ウィルオウィスプ》の明かりを消し、足音を忍ばせて先を行った。ダニエルは無言でその姿を見つめている。真剣な目だ。ただよう緊張感に、アレクシスも言葉を発せずただ立っていた。

静かだった。ランタンの光が揺らめきながら地面を照らし、数歩先は闇に包まれてなにも見えない。ラム捜査官の姿もまったく確認できないが、ダニエルには見えているのか前方を見据えたまま視線を動かさないでいる。

やがて、離れたところからラム捜査官のささやきが聞こえた。

「バッセル？」

相棒に呼びかける声。そして次の瞬間、前方が突如《とつじょ》まばゆい光で照らされた。その強烈な光は転移魔法陣が用意されているはずの方角から放たれたもので、その場に立っていたラム捜査官の姿がくっきりと浮かび上がった。そしてその姿は、一瞬ののちに掻《か》き消えた。

ダニエルがすばやくランタンを放り出して、アレクシスの腕をつかんだ。

「走れ！」

その言葉にハッとした時にはもう、ダニエルに引っ張られもと来た道を駆け出していた。はずみで自分が手にしていたランタンも地面に落としてしまう。しかし、ガラスが砕《くだ》ける音は聞こえなかった。背後で轟音《ごうおん》が鳴り響き、同時にすさまじい熱気が追いかけてきた。広い地下道が真《ま》っ赤《か》に照らされ、壁が焦げる臭《にお》いが鼻をつく。

必死に足を前へ動かしながら、アレクシスは混乱する頭で考えた。先ほど、ラム捜査官の姿は掻き消えたのではなく——焼かれたのだ。人体が一瞬で焼き尽くされるほどの高温で。

ゾッと鳥肌が立った。

ダニエルが肩越しにふり向いて背後を確認した。と、アレクシスの腕を強く引いて壁際に追いやる。

「わっ……」

たたらを踏みながら、アレクシスは背後から無数の矢が襲いかかってきたのを視界に捉《とら》えた。青白い光をまとった魔法の矢。攻撃魔法だ。一直線にダニエルに向かっている。

「ブラッグさ……」

ダニエルは避《よ》けなかった。目を見開いて矢の軌道《きどう》を見つめ——矢はダニエルに当たる寸前で消失した。

「！」

「足を止めるな！」

ダニエルが怒鳴り、アレクシスは再び走り出した。その最中《さなか》にも、背後から次々と攻撃魔法が追ってくるのがわかる。心臓が早鐘《はやがね》を打ち、にぎった拳《こぶし》が汗でぬめった。足もとで弾《はじ》けた火玉が靴を焦がし、壁に突き刺さった矢は壁面を石化させる。否《いや》が応《おう》でも死の危険が迫っていると告げてくる。全力で走っているのに、自分の足がちっとも前に進んでいないような焦燥感《しょうそうかん》でいっぱいだ。

ドオォン！　と大きな音を立てて、すぐ横の壁に攻撃魔法がぶち当たった。砕けた大小のつぶてが体に降り注ぎ、腕で顔と頭をかばいながらなんとか足を止めずに走り続ける。守護魔法がかけられた巡礼者用のローブを着ていて助かった。でなければ打撲《だぼく》では済まなかっただろう。

しかし、この硬い岩盤でできた壁を粉砕《ふんさい》するほどの攻撃は次々と襲ってきた。いくらかはダニエルが消してくれているようだが、直撃したらたとえローブを着ていても馬車に撥《は》ねられるくらいの衝撃を受けるに違いない。つまりは、致命傷。

「その先の分岐を右に、細い脇道を探せ！」

ダニエルが叫ぶ。アレクシスはからからに乾《かわ》いた口を開けて精霊の名を呼んだ。

「風精霊《シルフ》！」

ヒュンと風が走り、逃げこめる道筋を探し出す。アレクシスは精霊の気配を追って足を速めた。分かれ道を右に、さらに進んで精霊の示す方向へと急ぐ。

そうして吸い寄せられるようにたどり着いたのは、道というより亀裂《きれつ》と呼べそうなせまいすき間だった。一瞬ためらうが、砲弾のような攻撃は休まず背後から襲ってくる。精霊を信じ、その裂け目へ体をすべりこませた。頬のそばを風精霊《シルフ》がヒュッとかすめ、先のほうまで抜けていく。どうやらちゃんと奥まで続いているようだ。体勢をななめにしないと進めないくらいせまいが、どうにか体がつかえないようにしながら前進した。後続のダニエルもすぐに同じ裂け目に飛びこんできた。

「そのまま進め！」

ところが十メートルも行かないうちに、後方で激しい衝撃が起こった。あの大砲のような攻撃がせまい入り口に直撃したのだ。まるで地震のように壁が揺さぶられ、瓦礫《がれき》が押し寄せる。

このままでは生き埋《う》めになる……！

「グノーム！」

とっさに地の精霊の名を呼んだ。足もとで小さな気配が騒いで、アレクシスの足をわずかに引っ張ろうとする。それにつられ、無意識に体が動いた。一歩二歩と、よろけながらも進むと道が広くなり、アレクシスは倒れるように前方へ転がり出た。

精霊がこっちだよ、というように導いてくれているのが伝わる。頭を抱え、目を閉じたまま必死でその気配をたよりに地面を這《は》った。そして壁が大きくくぼんだ箇所に地精霊《グノーム》たちが集まっているのがわかると、そこに逃げこみうずくまった。

砲撃のような魔法は絶《た》えず撃ちこまれている。ドオォン！　ドォンッ！　と音がするたび壁が揺れて土埃《つちぼこり》が立ち、小石がバラバラと降り注いで跳ね回った。アレクシスはずっと手に持ったままでいた魔法学校の鞄《かばん》で頭をかばいながら、天井が崩れ落ちて来ないことをひたすらに祈った。

どのくらいそうしていただろうか。やがて攻撃は止《や》み、あたりは静かになっていた。アレクシスは自分の鼓動《こどう》の音をやけに大きく感じながら、そっと目を開けた。真っ暗でなにも見えない。

(終わったのか……？)

息を吸おうとして、ただよう粉塵《ふんじん》に咳《せ》きこんだ。

「ゲホッ、ケホッ……ッ！　光精霊《ウイルオウイスプ》……！」

光の玉を呼び出し、その場を照らす。埃がチラチラと舞いながら明かりを反射した。

「ブラッグさん……？」

喉がひりつき、声はガラガラだ。不安そうに首をめぐらすアレクシスの足を、再び地精霊《グノーム》が引っ張る気配がした。案内してくれるらしい。

精霊の気配を追って少しずつ来た道を戻り——愕然《がくぜん》とした。そこは瓦礫の山と化していたのだ。

「ブラッグさん……？　ブラッグさん！」

光の玉の輝度をめいっぱい上げ、どこか通り抜けられるすき間はないかと視線を走らせた。

しかしどんなに目を皿のようにして見ても、道は完全に塞がれてしまっている。

アレクシスは考えるより先に瓦礫の山に飛びついていた。が、岩をつかんだその手に精霊が集まって騒ぐのが伝わってくる。まるで懸命にアレクシスを止めようとするように。ダメだよ、動かしたら危ない、と。

アレクシスは地面に膝《ひざ》をついた。

「そんな……」

それ以上言葉が出てこない。目の前が真っ暗になったようだ。

ダニエルが生き埋めになった？　本当に？

（いや、ダメだ。俺は信じない。ブラッグさんが……）

——死。

そのことを考えるのは、あまりにも恐ろしかった。到底受け入れられない。少なくとも、この目で確かめるまでは。

アレクシスは瓦礫をどかそうと、重量物質移動の呪文を唱《とな》え始《はじ》めた。周囲で地精霊《グノーム》たちがあわてているのがわかる。危険なのだ。でも、たとえ馬鹿な真似《まね》だろうと、このままじっとしているなんて——

「やめておけ、優等生。お前もろとも土砂に埋もれちまうぞ」

不意に背後から聞こえてきた声に、アレクシスは弾かれたようにふり向いた。そこには小柄な黒髪の少女が立っていた。

「ブラッグさ……」

反射的に、ダニエルの体に目を走らせる。目立った外傷は見当たらない。というより、わずかな髪の乱れすらない。あのマーシー・ヘザーと対峙《たいじ》した時と同様、顔に汚れひとつつけずに平然としている。

「無事なら……そうと！　言ってくださいよ！　俺は……っ、本気で、あなたが……死んでしまったのかと」

口にしたら、震えが走った。今や、抑え難い恐怖が体の芯から這い上がってきていた。今さっき、リビー・ラム捜査官は無残に殺されたばかりなのだ。

ダニエルはいつもどおりの落ちついた瞳でアレクシスを見つめた。自分の目は安堵《あんど》と恐怖と興奮で、さぞたよりなく揺らいでいるのだろう。

「悪かったよ。ただ、オレもすぐには返事ができなかった。死なないようにするので精いっぱいでな」

アレクシスは当惑した。ダニエルはとても死にかけていたとは思えない姿だ。けれど——そういえば、どうしてダニエルは背後に現れたのだろうか？　アレクシスより後ろを走っていて、確かに崩落に巻きこまれたはずなのに。

「体は動かせるな？　悪いが、ここで休んでいるひまはない。追っ手が来られないところまで移動だ」

そう言うと、ダニエルはくるりと背を向けてしまった。そのままゆっくりとせまい坑道の奥へ進んでいく。アレクシスはショックで内心呆然《ぼうぜん》としていたが——なんとか立ち上がってそのあとを追った。

ダニエルは、アレクシスがちゃんとついて来ているのを確かめながら歩いているようだった。少なくとも、そのことに多少のなぐさめを感じる。

「どこに……向かうのですか。道はわかるのですか？」

「ここは国境山脈の地下だ。もう少し東に行けば、鉱山の坑道につながっているはずだ。現在は使われていない、立ち入り禁止の廃坑のほうだがな。オレの記憶が間違っていなければの話だが」

「地図の用意は……」

「情報部員は地図や文書を持ち歩かないんだよ。必要な知識はその場で覚えるように訓練されている」

（万一敵方に捕まっても、情報を渡さないようにするため……）

気持ちがぐっと塞いだ。

なぜ、そんなふうに対立し、争わなければならないのだろう。どんな事情があるにせよ、人の命を奪う正当な理由なんてあるとは思えない。

それからどのくらい歩いただろうか。興奮が醒《さ》めてきて、心身ともに疲れを感じ始めた頃、ダニエルが足を止めた。

「明かりを消せ」

静かに、しかし有無を言わせない調子で言う。アレクシスは光精霊《ウィルオウイスプ》の光を消した。あたりは真っ暗闇となる。

アレクシスは耳を澄ませた。けれど、なにも聞こえない。見えずとも、ダニエルが集中力を研ぎ澄ませているのが伝わってくる。緊張感に息を詰めた。

「……まずいな」

ダニエルがそっと言った。

「この先の出口で待ちぶせされている。たっぷり魔力を蓄えた戦闘員の魔法使い……分隊くらいの数はいるか。事前に情報がもれていたとしか思えないな」

「まさか……アルブム教会が？」

アレクシスは顔色を失った。が、意外にもダニエルはあっさりと言った。

「いや、それはないな。アドウェルサの連中は根っからのオムニア教信者だ。アルブム教会と通じるなんて、奴《やつ》らの選択肢にはない」

「アドウェルサ？」

「デウム・アドウェルサ。オムニス帝国に拠点を持ち、エリシウムにも多くの潜伏工作員を持つ過激派組織だ。構成員は主に終戦で居場所を追われた死にぞこないの魔法使いとその子孫。

皮肉の利《き》いた名前だろ？」

デウム・アドウェルサ——魔法古語だ。

デウムは「神」、アドウェルサは「災難」「逆境」「不運」などを意味する。意訳すると「災厄の神」といったところか。おそらくアドウェルサは西方語の敵対者《アドヴァーサリー》に掛けているのだろう。

敵対する神？　確かに皮肉めいている。

「あのマーシー・ヘザーと名乗っていたババアを寄こした集団さ」

アレクシスは戦慄《せんりつ》した。それを悟られないように努力しつつ、小声で言う。

「どこか、他のルートはないのですか」

「何キロも迂回《うかい》した先にいくつかないこともない……が、この分じゃどの出口も封鎖されているだろうよ」

アレクシスは無意識にでこぼこの地面を踏みそこなったようだ。足もとで小さな石を蹴飛ばし、砂利《じゃり》がわずかな音を立てる。それだけのことに心臓が極端に跳ねた。

「落ちつけ」

ダニエルはゆっくりと言った。

「少なくとも、奴らが突撃してくる心配はないはずだ。あの人数と戦力で、そのつもりならとっくにやっている。このまま出ていって即座に殺されるということもない。オレを捕らえて情報を引き出すか、人質にして交渉するほうが向こうにとっても有益だからな」

ダニエルの声は落ちつき払っていたが、それがかえって状況の切迫を感じさせた。ダニエルはアレクシスの不安をやわらげようとして、わざと楽観的なことを言っているのではないだろうか。助かるかどうかわからないからこそ……。

「まさか、自分が大人《おとな》しく投降するからそのあいだに逃げろだなんて、言いませんよね」

実をいえば、アレクシスは本気で怯《おび》えているのだが――それでも頑《がん》として譲《ゆず》らない意志をこめて言った。

こんな状況は人生において完全に想定外の非常事態、逃《のが》れられるのなら今すぐにでも逃げ出したいくらいだ。だが、お荷物でしかない自分のためにダニエルが犠牲《ぎせい》になるなんてことは、はなはだ論外だ。冗談じゃない。

ふっと、ダニエルが吐息だけで笑うのがわかった。

「言わねえよ。奴らの手に落ちた時点で、すべての計画はおじゃんだ。オレは捕まるわけにはいかない」

「じゃあ、どうすれば……」

ダニエルは沈黙した。

なにを考えているのか？　不安が頭をもたげる。

「ブラッグさん？」

「……道は、他になくもない。奴らも網《あみ》を張っていないルートがな。だがそこを通るのは、このまま敵陣に突っこんでいく以上に命知らずな行為かもしれない」

「それは、どういう……」

アレクシスが問う前に、ダニエルが緊迫した様子で毒づいた。

「くそっ、気づかれた！　相当勘のいい術者がいやがる。明かりをつけろ、優等生。選択の余地はなくなった、来た道を戻るぞ！」

アレクシスが急いで光精霊《ウイルオウイスプ》の光を呼び出すと、ダニエルに「お前が先を走れ！」と言われ、あわてて駆け出した。

ダニエルが後ろを走るのは、追っ手からアレクシスを守るためだろう。つまりは、すぐにも追いつかれそうなほど差し迫った状況だということだ。

ここそしている場合ではなくなった。アレクシスは光を強くして、転ばないように道筋をいっぱいに照らした。

せめて、追っ手を足止めする魔法を使えたら――アレクシス得意の結界魔法は、残念ながら術式を完成させるまでに時間がかかりすぎる。それに、こんな状況で難解な術式を正確に描くのは至難《しなん》の業《わざ》だ。防御や回避の魔法だって、防げるのはせいぜい一陣。複数の相手から次々と攻められては、あっという間に突破されてしまう。

結局、なにもできずにただ走るしかないのが歯がゆかった。かたくなに攻撃魔法を覚えようとしなかった自分がひどく滑稽《こっけい》に思えてくる。そんなふうに理想を口にできていたのは、アレクシスが平和な世界しか知らないからだ。こうやって命の危機にさらされれば、是非《ぜひ》でも生き残る手段にすがりつきたくなる。

（なにを考えているんだ俺は。いやだ……俺は、誰も傷つけたくないし、死にたくもない。殺すか殺されるかなんて、そんなこと、考えたくもない。俺はただ……生きたいんだ。平和に。自分だけじゃなく、世のなかの人すべてが——）

「その先を左に進め！」

ダニエルの声で物思いから醒めた。ずっと来た道を駆け戻っていたが、ここにきて別の道に足を踏み入れるらしい。確かにこのまま同じ道をたどり続けても、最後は土砂で埋まった行き止まりになってしまう。

しかし、アレクシスは指示された道に進むのを躊躇《ちゅうちょ》した。そんな場合ではないというのに——ひどくいやな感じがするのだ。だが、行くしかない。覚悟を決め、左の道へ飛びこんだ。

瞬間、ゾッと背筋が怖気立《おぞけだ》つ。地獄の入り口に足を踏み入れてしまったような感覚。気のせいだ、と自分に言い聞かせ、足を止めずに走り続けた。ダニエルがすぐ後ろをついて来る、その足音だけを励《はげ》みに。

「風精霊《シルフ》！　地精霊《グノーム》！」

迷わないようにと、精霊の名を呼んだ。さっき逃げ道に導いてくれた彼らに頼めば間違いはない。

が、どうにもおかしい。精霊の反応が鈍いのだ。それまでアレクシスが呼ばずとも、地精グノームはずっと足もとをついて来てくれていたのに、その気配がうまく察知できない。いつでもそこら中にいる風精シルフも近くに感じられない。アレクシスが歩を進めるほど、潮が引くようにその存在が遠ざかっていく。

（なんだ？　どうしたんだ？）

頭上に掲げた光精霊《ウイルオウイスプ》の光も、チカチカと瞬きながら輝度を落としていく。アレクシスが魔力を注ぎ足しても、それは変わらない。

これ以上進んではならない。本能がそう告げていた。でないと、とり返しのつかないことになる……。

ついに光精霊《ウイルオウイスプ》の光が消え、その場は闇で閉ざされた。アレクシスの足も思わず止まる。逃げなければいけないのに、体がそれを拒絶している。

ダニエルの足音も止まった。闇のなか、落ちついたアルトの声が言った。

「もう、追っ手の気配はしない。奴らは追跡をあきらめた」

「……なぜですか」

アレクシスは乾いた声で言った。良い知らせに違いないのに、ちっとも喜ぶ気分になれない。

ダニエルが自分のトランクを開ける音が聞こえ、シュッとマッチを擦《す》る音とともに明かりが灯った。人形のように整った少女の顔が、ほの暗い光に浮かび上がる。

「ここは危険な領域なんだ。戦時中、政府が第一級危険区域に指定して立ち入り禁止になった。もとは魔法具の動力源となる魔石が採れる鉱山だったが、それに目をつけた戦争推進派の連中が、軍事利用できないかと秘密裏に研究を進めていた場所だ」

ダニエルはトランクから液体の入った瓶をとり出した。ラベルに書かれた文字は――食用油《ベジタブルオイル》？　瓶の口にこよった布を突っこみ、油のしみた布の先に火をつける。即席の松明《トーチ》だ。

「研究……？」

明かりが灯ると、少しばかり気持ちがほっとした。けれど、背筋を冷たくする不気味な空気は一向に消えてくれない。

「知ってのとおり、魔石は魔力を溜《た》めておくことのできる希少な性質を持つ。その力を応用して、逆に人間の魔力を奪いとる兵器を作ろうとしたんだ。対戦闘魔法使い用の、強力な殺人兵器を」

言いながらダニエルは周囲を見回し、コツコツと靴底を鳴らしながら歩き出した。深い闇の奥へと進んでいく。とてもついて行きたくはなかったが――仕方なく、アレクシスもあとに続いた。

「結局、その試みは失敗に終わった。研究者たちはとり返しのつかないことをしでかし、魔石を生み出すこの場所自体が危険なものへと変わった。足を踏み入れた者の魔力を強制的に吸い出してしまう性質にな」

アレクシスは目を見開いた。

「じゃあ……ここにいるだけで、魔力を消耗《しょうもう》してしまうのですか？」

魔力とは生命エネルギーなのだ。それを奪われ続けるということは、出血し続けるのと同じくらいに、命に関《かか》わる。

「どのくらいの規模でそれが起こるかは不明だけどな。だが実際、となりの炭鉱にまで影響が出て炭鉱夫が帰らず行方不明《ゆくえふめい》になった。魔法使いのあいだじゃ死の洞窟《スペルンカ・モルティス》と呼ばれ恐れられている、まさに死の領域だ。戦後からかなり経《た》って魔法庁でも善後策を考えたが手立てはなく、未《いま》だに立ち入り禁止以上の対策は講じられていない」

ダニエルは肩越しにアレクシスをふり返った。

「追っ手から逃げおおせるには、この危険区域を通って山の向こうまで行くのが一番だ。オレは大丈夫だろうが……お前が無事に済むかどうかはわからない」

アレクシスは鞄を持つ拳をにぎりしめた。手のひらは汗でべたついている。

「どうして、ブラッグさんは平気なのですか」

「これでも特別捜査官だったからな。特殊な訓練も受けているし、魔力の扱《あつか》いに関してだけなら、魔法捜査局の誰よりも精密なコントロールができる。だから数年前、他部署からこの案件の実地調査を相談されていた。当時の上司が通常任務を優先させろと言ったせいで実現しないまま、その後オレは退職して手を出せなくなった」

アレクシスは硬い表情のまま黙っていた。先ほどから、ひんやりとした冷気が手足にまとわりついて、悪寒がする。落ちつこうと思うのに、呼吸が浅くなりそうだった。

「大丈夫か」

ダニエルは足を止め、紫水晶《アメシスト》の瞳でじっとアレクシスを見た。

「……平気です」

気遣いはありがたいが、できることなら立ち止まらずに早くここを抜けてしまいたい。

足の運びを止めないでいると、ダニエルも再び歩き出した。

「その危険地帯は、距離にしたらどれくらいですか」

「真っすぐ突っ切ったとしても、八百メートルはあるだろうな」

道は直進ばかりではないから、実際に歩く距離はもっとある。一キロ……いや、それよりずっとかかるのかもしれない。

ダニエルは何度もアレクシスをふり返った。

「周囲の壁には触れるなよ」

言われなくても、絶対に触りたくなかった。岩壁が突出《とっしゅつ》して道が細くなるたび、悪寒がひどくなるのだ。

「荷物を貸せ」

松明《トーチ》とトランクで自分の両手は塞がっているのに、ダニエルが言った。アレクシスはその親切に対して虚勢を張るほどの余裕もなかった。少女の細い腕に鞄を預けると、ダニエルは重さなど感じていないようにトランクと一緒に持って先を行く。その力強い足どりは、なんとも頼もしい。

それからは会話もないまま、ただひたすらに歩いた。そして前へ進むごとにアレクシスの体温は下がり、足を引きずるほど体が重くなっていった。酸素が薄いのではないかと思うくらい息苦しく、呼吸が浅くなる。

なにより、物心つく前より片時も離れることのなかった精霊の気配が一切感じられないのが、思った以上にこたえていた。たとえ魔法が使えなかったとしても、精霊がそばにいてくれるだけで活力がみなぎってくるのだ。精霊たちは自然の生気そのもの——人の肉体と精神のバランスをとるのに欠かせない、なくてはならない存在なのだ。それを失った今、まるで地の果てにひとり置き去りにされてしまったような、救いようのない離隔《りかく》を味わっている気分だった。

頭のなかでは、リビー・ラム捜査官が殺された映像がくり返し流れていた。マーシー・ヘザーが自爆した時の様子も、思い出したくもないのに、わざわざ記憶が呼び起こされてしまう。精神衛生上良くないとわかりきっているのに、止められない。なぜ、どうして……と、理不尽さを訴える心の声が、むなしく思考を回流する。

行く手が急勾配《きゅうこうばい》になった。坂道というより、段差というのがふさわしいかもしれない。石壁をよじ登るようにしなければ先へ進めない。

ダニエルは上に荷物を放り投げると、松明《トーチ》を手にしたまま傾斜《けいしゃ》のきつい壁を器用に登っていった。両足と片手一本で体を支えながら、信じられない筋力と身軽さだ。アレクシスも続こうとして——足が上がらなかった。それどころか、まともに岩肌をつかむことすらできない。めまいがして、その場に膝をついた。

すぐに、ダニエルが上から飛び下りて戻ってくる。

「大丈夫か」

返事をしようとして、差し出された腕のなかに倒れこんでしまった。そんなつもりはなかったのに、体が言うことを聞かない。

「どこが苦しいんだ？」

ダニエルは華奢《きやしゃ》な少女の腕で易々《やすやす》とアレクシスを受けとめると、その場に横たえながら言った。松明《トーチ》を地面に置き、アレクシスの後頭部をしっかりと支えながら顔をのぞきこむ。

ひどく真剣な表情だ。本気で心配している。

それを認識しただけで、アレクシスは目を閉じた。まぶたを起こしていられない。

「おい、しっかりしろ。がんばれ。意識を保つんだ」

励ますように声をかけながら、ダニエルはアレクシスの息を確かめ、襟《えり》をゆるめて呼吸をしやすくし、手早く額や首に触れて熱や脈を計った。

そんなに大げさに心配してもらうほど重症じゃない——なんとかして、ダニエルを安心させなくては。

アレクシスはらしくもなく軽口を叩《たた》こうと、喉の奥から声をふりしぼった。

「そんなに……優しくしないでくださいよ――……まるで俺が、死ぬみたいじゃないですか……」

言ったあと、あれ、本当にそうなのかな、と思い至る。

もしかして、俺はここで死ぬのか？

「ウォルシュ！」

ダニエルの呼びかけを最後に、アレクシスの意識は途《と》絶《だ》えた。

＊

――どうする。

ダニエルは血の気の失《う》せたアレクシスを抱えたまま、めまぐるしく思考をめぐらせていた。

アレクシスの体から、見る間に魔力が流れ出ていく。魔力の出入り口である「窓」が壊れてしまったかのようだ。まるで濁流《だくりゅう》のように魔力が噴出して止まらない。

ダニエルは「窓」のひとつに手をかざした。どうにか無理やり「窓」を閉じることはできないか？　懸命にアレクシスの魔力を操ろうとする。

くそっ、ダメだ――それには自分の魔力が足りない。先ほど土砂の下敷きになるのを回避するため、かなりの魔力を使ってしまったのだ。ダニエルも自分の「窓」を固く締めて、魔力が持っていかれないようにするので精いっぱいなのだ。

アレクシスの体温は急速に低下していた。脈が弱くなる。まずい。このままでは心臓が止まるのも時間の問題だ。

(アイリーン……!)

ダニエルの頭に真っ先に思い浮かんだのは、今は亡き師の顔だった。

こんな時、彼女がまだ生きていてくれれば。自分に魔力があったなら。

考えても詮《せん》ない仮定にすがる思考をするなど、元魔法捜査官としては失格もいいところだ。だが、どんなにアレクシスを救う方法を考えても、ダニエルにはなにひとつ手立てがないのだ。目の前でなんの罪もない若者の命が尽きようとしているというのに、自分にはなにもできることがない。それで一体どうやって、恐れを感じずにいられる?

(ダメだ。死ぬな、優等生……お前はまだこれからなんだ。まだ人生のほんの出だししか生きちゃいない。お前には帰る場所があるんだろう。待っている誰かも――これから出会う相手も。こんなところで、終わっていいはずがないんだ)

ダニエルは、切に祈った。神も仏も信仰していなければ、どんなに願っても助けられない命があることを知っているにもかかわらず。そう、腹立たしいほどによくわかっている。こんなふうに誰かを失《うしな》いそうな瞬間に、数えきれないほど必死に祈ってきたのだから。

それでも――アレクシスが助かるのなら、自分のなにを差し出してもいいから、それを叶《かな》えてくれと誰かに頼んでいた。自分の命を代わりに持っていけばいい――かつてアイリーンがそうやって、ダニエルを生かしてくれたように。

ダニエルが流れ出る魔力を留《とど》めようとするそのすき間から、無情にもエネルギーはもれ出ていった。もう、アレクシスにはほとんど魔力が残っていない。魂の輝きがゆっくりと肉体からずれ、離れようとしているのが視《み》えた。まずい。これは死の兆《きざ》しだ。体から光が完全に離れれば、アレクシスは命を失う。

アレクシスの呼吸が止まった。

*

アレクシスは、闇のなかにいた。

先ほどまでの地下道の暗闇とは違う。もっと深く、暗く――存在するすべてが闇。地上のどんな場所に行こうとも、ここまで完全な暗黒はどこにもないだろう。

アレクシスはそのなかで、ただ、意識をただよわせていた。自分がここに在るという実感がまるで湧かない。肉体というものがないのだ。そして精神もあいまいに混濁《こんだく》し、周囲の闇との境界がわからなくなってくる。このまま闇にすべてをゆだね、自分というものを手放してしまいたい……。

『――待て』

不意に、アレクシスに呼びかける者があった。

(……誰だ?)

『お前はまだ、こちらに来るべきではない。己《おのれ》が誰かを思い出せ』

ずいぶんと威厳にあふれた声だった。すべてを満たしていた闇の存在が完璧さを失い、アレクシスの意識を呼び覚ます。

『少し手を貸してやろう、若き魔法使い。再び会うその時には、お前の成長を楽しみにしている――』

瞬間、力強いエネルギーがアレクシスを支配し、まるで雷に打たれたかのような衝撃に襲われた。

＊

ドクン！　と激しく心臓が高鳴り、アレクシスは覚醒《かくせい》した。ダニエルが紫の瞳をまん丸に見開いている。

胸を押さえ、勢いよく咳きこんだ。苦しい。でも、失神する前とはあきらかに違った。体があたたかい。息がちゃんと吸える。めまいもしなければ、気分も悪くない。それどころか、体の内側に宿るエネルギーに守られているような不思議な感覚があった。くたくたにくたびれて、だるさにぐったりとしてはいたが——もう、命の危険はないのだと、はっきり確信していた。

アレクシスは問いかけるようにダニエルを見た。彼が自分を助けてくれたのかと。

ダニエルは信じられないという表情でアレクシスを凝視していた。

「お前……大丈夫なのか？」

まだ、ダニエルの細い少女の腕に抱きかかえられたままだ。急に居心地《いごこち》の悪さを感じて、アレクシスはその腕から逃れるようにもぞもぞと体を起こしながら答えた。

「はい……そうみたいです。もう、力が奪われるような感じはしません」

ダニエルはとまどった様子のまま言った。

「確かに、お前の体には魔力が戻っている。『窓』も正常に機能している」

「窓？」

ダニエルはアレクシスの問いには答えず、なにごとか考えている様子だ。

「お前、意識がないあいだになにが起こったのか、思い当たることはないか？」

「えっと……」

言われて、先ほどの夢——夢に違いないだろう——を思い出す。

「気がついたら、闇のなかに浮かんでいる自分がいて——それで、声が聞こえました。なんて言われたのかは、よく覚えていないのですけれど……多分その声の主《ぬし》のおかげで、戻って来られたのだと思います」

「声？」ダニエルは眉をひそめた。「どんな声だ？」

「えーと……なんかものすごく男前って感じの良い声で……」

「オレか」

ダニエルもジョークを言えるくらいには落ちつきをとり戻したらしい。

「いえ、もっと深くてよく通る……なんと言うのでしょうか、低くて迫力があるのにあまり年を重ねた人の声には思えなくて、若々しい澄んだ響き方というか……」

ダニエルは思案するような顔になった。アレクシスに問う。

「自信に満ちて、演説みたいに堂々としゃべる奴だったか？　人に命令することに慣れていそうな？」

「ブラッグさん、心当たりがあるのですか？」

驚いて言うと、ダニエルは視線をそらし考えこんでしまった。「いや……」

「……まさかな」

それきり、ダニエルがその話をすることはなかった。アレクシスに向き直ると「休憩しよう」と言った。

「お前は横になって、少し寝ろ」

ダニエルは文字どおりひとっ跳びで坂の上から荷物をとってくると、トランクからショールを出して地面に広げた。

「俺は大丈夫ですよ。ここは気持ちの悪い場所ですけど、もう具合が悪くなったりはしないと思います」

疲れていたが、本当に気分は良くなっていた。歩こうと思えば、まだまだ体は動かせる。

「いいから、休め。肩でも膝でも貸してやるから」

ダニエルはその場に腰を落ちつけて、アレクシスが横たわるのを待っている。どうやら本気で言っているらしい。

「気持ちはありがたいですけど……」

正直、困惑していた。

第一に、少女の姿をしたダニエルと接触することは避《さ》けたいし、第二に、たとえダニエルが本来の姿に戻っていたとしても……できるだけ甘えたくはないのだ。たとえ半人前だろうと、ダニエルの足を引っ張るような真似をしないくらいの思慮深《しりょぶか》さと自己管理能力は持ち合わせているつもりだ。

「ブラッグさんは俺をひ弱なお坊ちゃんだと思っているかもしれませんが、俺だって危険な獣《けもの》がいる野山を駆け回って野宿したくらいの経験は何度もありますし……」

「ごちゃごちゃ言うなよ、面倒なガキだな」

ダニエルはあきれ顔で言うと、強引にアレクシスの服をつかんで引き寄せた。あいかわらずの剛力で、アレクシスはたまらずよろけて転倒する。

「わっ！」

ダニエルがうまいこと受けとめたので、頭を打たずに済んだ。一体どうやったのか、上背《うわぜい》のあるアレクシスを一瞬でくるりとあお向けにひっくり返し、その場に落ちつける。ダニエルはみずからのローブを脱いで丸めると、枕代わりにアレクシスの頭と地面のあいだに押しこんだ。

「足を伸ばして、楽にしろ」

そう言うと勝手にアレクシスの鞄を開け、魔法学校支給の生成色《きなりいろ》のローブを引っ張り出した。両手でふわりと広げ、アレクシスの体にかけてくれる。

アレクシスはなんとも落ちつかない心境でダニエルの顔を見上げた。幼い頃、風邪《かぜ》を引いていないと言い張る自分の主張を信じずに、過保護な執事が無理やり寝かしつけようとした時のことを思い出す。完全に子供扱いだ。

「眠れ、優等生。道のりはまだ長いんだ。焦ることはない」

労わるような声音。さすがに、真心からの優しさがわからないほど意固地ではない。アレクシスは素直に体の力を抜いて、目を閉じた。

「――ブラッグさん」

少しの間をおいて、アレクシスは言った。

「なんだ」

「あれ、やってもらえませんか」

「あれ？」

「最初の宿に泊まった時、眠れない俺に、教えてくれた……」

このまま寝ても、悪夢にうなされるかもしれない。ダニエルが自分を子供《ガキ》だと言うのなら、少しくらい甘えてみてもいいだろうか。

「ああ」ダニエルはすぐに合点がいったようだ。

「誘導瞑想《ゆうどうめいそう》か」

ダニエルは三日前の夜と同じように、おだやかな声に乗せてガイドしてくれた。

ゆっくりと呼吸をし、気持ちを落ちつけ——以前と違うのは、周囲に精霊の存在が感じられないこと。その代わりに、ダニエルはアレクシスに光をイメージするように言った。太陽の輝きのように、生命の力に満ちたエネルギーが自分を包み、癒されていく様子——

アレクシスは想像力に優れているのかもしれない。周囲には闇が広がっているはずなのに、まぶたを閉じたその向こうに光のまぶしさを感じた。そしてゆるやかに心地よい睡魔に見舞われ——いつのまにか、深い眠りに身をゆだねていた。

*

次に目が覚めた時、アレクシスは横向きに寝ていて、ぼんやりと洞窟内を照らす松明《トーチ》の頼りない明かりをまず見てとった。そのすぐそばに腰を下ろして目を閉じている黒髪の少女の姿がある。身じろぎすると、ダニエルはすぐにこちらを向いた。

「起きたか。気分はどうだ？」

「おかげさまで……。すみません、俺、どのくらい寝ていましたか？」

目をこすりながら体を起こす。

「一時間半ってとこか。お前、寝言を言っていたぞ。トムとスージーがどうとか」

「あー……」

そういえば、そんな夢を見ていた。

「弟と妹です。夢のなかで、ふたりに渡すお土産《みやげ》を選んでいました……」

この夏季休暇《かきゆうか》に帰省する約束をしているのに、まだなにも用意できていないことが気にかかっていたせいだ。

ダニエルは笑った。

「平和そうな夢見でなによりだな。お前はてっきり、ひとりっ子なのかと思ってたよ」

「え？　ああ、ひとりっ子ですよ。トムとスージーは異母兄弟《いぼきようだい》なので」

言ったあと、あっとなって付け足す。

「別に、父が浮気《うわき》をしたとか、両親が不仲で別れたとかではなくてですね……」

そこまで言ったからには、説明しないとおかしいだろう。そう思って少々変わった家庭事情を話したが、どうも気後れしてへどもどした調子になった。

この件について、今まで他人に打ち明けたことはなかった。世間一般にすんなり理解してもらえる内容ではないし……アレクシス自身、まだ幼い時分に初めて遠い地に住む父の存在を教えられた時は、母の衝撃発言に呆然としたものだ。

『私はただ子供が欲しくて、それに協力してくれたのがあなたの父親だったの。つまり、愛し合ってはいなかった。初めから一緒になる気はなかったし、ウォルシュは五年後に別の女性と結婚したわ。気にせずそうしなさいって私が言ったからよ。わかった？』

十歳の少年相手に、その説明でわかれというのがすごい。

まあ、のちに父と母のあいだには水面下で友情とも呼べるような互いへの思いやりが存在するのだとわかり、母が落とした爆弾の痛手は徐々に癒えていった。

アレクシスの知る限り、自分が生まれてから父と母は一度も会ったことがないが――おそらく母は、父の妻を不安にさせまいと配慮しているのだ――ウォルシュ家との関係は良好で、アレクシスも年に二回、父の家に滞在するのを楽しみにしている。

そんな話をする気になったのは、きっとダニエルなら偏見なく聞いてくれるだろうと思ったからだ。

アレクシスの予想どおり、ダニエルはさして驚いた様子もなく「へえ」と言った。

「お前の母親はまた、ずいぶん愉快そうな御仁《ごじん》だな」

「ええまあ……俺は一生敵《かな》わないんじゃないかっていう気がしています」

複雑な表情で言うと、ダニエルは笑った。

「息子が母親に勝とうってのが、そもそも無理な話だ」

確かに……。アレクシスも、思わず笑ってしまった。

＊

携帯食料と水で簡単な食事を済ませ、再び出発した。

休息をとったおかげで、アレクシスはだいぶ回復していた。それにもう、あの気味の悪い寒《さむ》気《け》や虚脱感《きょだつかん》にさいなまれずに済んでいるというのが、なによりありがたかった。あれだけひどいことがあったというのに気持ちも上向いて、必ず無事にここを脱出しようという前向きな姿勢が揺るぎなかった。

「──オレはもともと、今回の任務のおとり役だった」

先を歩きながら、ダニエルが言った。

「今年は戦後五十周年の節目の年だ。武装集団デウム・アドウェルサが、なにかでかい事件を起こそうとしているのはわかっていた。魔法捜査局国家公安部と情報部で合同捜査を行い、諜報部員《ちょうほうぶいん》が計画を突き止めた。三週間後、東方クータスタ国で各国の要人を招いた平和式典パーティーが開催される。その裏で、クータスタの闇商人がアドウェルサと取引をするつもりだ。戦争時に作られた大量破壊兵器の遺物を隠し持っていたらしい。アドウェルサはそれを使って、世界規模のテロを起こす算段でいる」

アレクシスはぎょっとした。ダニエルが急にこんな話を明かしたことにも驚いていたが、その内容が予想を遥《はる》かにしのぐ大ごとで面食らってしまう。

「特別編成の部隊で隠密にクータスタに入国し、奴らの企《たくら》みを阻止するのが魔法捜査局の任務だ。協力を依頼されたオレは、アドウェルサの戦力を分散し、引きつけるための陽動役を任された。作戦部隊の動きを感づかれないようにな。最初にオレというエサで私怨に満ちたあのマーシー・ヘザーみたいな奴を釣って派手に立ち回り、首都に戻って工作員の目をエリシウム国内に向ける計画だった。お前を巻きこんだことで、少々予定変更になったけどな」

「す、すみません……」

アレクシスはうなだれた。そんな大変な事情があったとは思いもしなかった。そうとは知らず、ダニエルにはずいぶんと迷惑をかけてしまったに違いない。

「謝るなよ。危険に引っ張りこんだのはオレのほうだろ、悪かったよ。本当は、すぐにお前を保護して帰すつもりだったんだ」

ダニエルの口調は淡々としていたが、そこには本物の後悔が感じられた。

ダニエルのせいではない——そう言いたかったが、余計な言葉だろう。口には出さず、別のことを聞いた。

「どうして、そんな重大な機密を俺に話してくれるんです？」

ダニエルはふり向いて苦笑した。

「もう、お前はどっぷりこの件に関わっちまったからな。いつまでも蚊帳《かや》の外ってわけにもいかないだろ」

それを聞いて、思わず口もとがゆるんでしまった。なんというか……自分には打ち明けてもかまわないと、やっとダニエルが認めてくれたように思えたのだ。

「喜んでんなよ、ガキ」

まったく……とダニエルはぼやきながら前方に向き直り、アレクシスは一層軽くなった足どりで少女の背中を追いかけた。

そして、ようやく死の洞窟《スペルンカ・モルティス》の終わりが見えてきたようだ。徐々にうすら寒い空気が消え、精霊の気配が戻ってくる。

「もう、安全でしょうか？」

「ああ。試してみな」

「光精霊《ウイルオウイスプ》」

精霊の名を呼ぶと、すぐに応えて光の玉が灯った。よかった、ひと安心だ。

ダニエルが松明《トーチ》の火を消した。そして——驚いたことに少女の姿が消え、代わりにブルネットの巻き毛の男性が現れた。ダニエル本来の姿だ。

「ブラッグさん？　どうしてもとの姿に戻ったのですか？」

目を丸くするアレクシスに、耳慣れない男性の声が答える。

「オレもほぼ魔力を使い切ったからな。さっきまでは危なくて戻れなかったんだよ」

急に違う姿になられると、そのたび別人といるようで落ちつかない。だが男姿のほうが目線も近くて話しやすいし、なにより女の子といる時のように緊張しなくていいので楽だ。

「出口までは、あとどのくらいですか？」

「確実に追っ手をまくなら、国境を越えてこのままオムニスかクータスタまで行っちまうのが最善だけどな。百キロ前後ってとこか」

「ひゃっきろ……」

アレクシスは顔を引きつらせた。

「そんなに遠くまで地下道が続いているのですか？」

「掘削《くっさく》して造られた坑道が終わっても、雪解け水が浸食してできた鍾乳洞《しょうにゅうどう》がある。途中地下水脈に潜ったり、行き止まりを掘り進めたりしなきゃならないかもしれないが、お前の魔法があれば問題ないだろ。国外までたどれるはずだ」

アレクシスはため息を呑《の》みこんだ。嘆いても仕方がないし、さっき何度も死にかけたことを思えば、そんなことへいちゃらではないか。

（たかが、百キロ。二十時間ちょっと歩くくらい、なんてことないよな。ははは……）

心のなかで虚《うつ》ろに笑いながら、そっと天井を仰ぎ見た。

と、その時、不意に魔力の動きを感じた。一瞬、追っ手が襲ってきたのかと身がまえたが、違う。通信魔法だ。少し不安定で、とぎれとぎれの波動が伝わってくる。

ダニエルはいつかのようにトランクから竹の水筒《すいとう》をとり出した。水魔法の通信を受ける。

「こちらブラッグ。どうした？」

水筒のなかから、ジュリアの声が答えた。受信状態があまり良くない。

『……ダン……聞こ……る？　大変な……に……ったわ。こち……の作戦部隊は、ほとん……全滅よ』

アレクシスは息を呑んだ。

「全滅？　なにがあった？」

『おそらく、内部の……に、内通者がいたとしか……ないわ。うちの部隊はかろうじて無事……ど、この人数……作戦は中止よ。……隊は撤退す……だけで限界なの』

そんな。大規模テロ計画を阻止する作戦が失敗？

では、一体どうなってしまうのか？　国民は？　人々の命は？

「……ジュリア」

ダニエルが低い声で言った。

「オレが国境を越えて、クータスタ国の平和式典会場まで向かう。奴らの手に渡る前に、殺人兵器をぶち壊してやる」

あとがき

初めまして、光乃《こうの》えみりと申します。このたびは「魔法使いへの道―腕利き師匠と半人前の俺―」（サブタイトルを言うのが恥ずかしい！）をお読みいただき誠にありがとうございます。


本作を書き始めたのは、六年ほど前のことでした。

当時の私は人生にくたびれ返っていて、ああ、このままではストレスで死んでしまうと思い、長年封印していた「小説を書く」という趣味を解禁することに。なぜ禁じていたのかというと、不器用すぎて一度にひとつのことしかできないからです（笑）。勉強や仕事に専念するために、好きなことをずっと我慢していたのでした。執筆を再開したことで部屋はよく散らかるようになりましたが、干《ほ》された魚のように乾《かわ》いた心は、少しずつ海にいた頃を思い出すように潤《うるお》っていきました。

発表する気はありませんでした。けれど書いているうちに、いつしか読み手のことを考えて努力している自分に気がつきました。書きたいものを吐き出すのではなく、届けたいと思えるものを作ろう。読んでくれる人に向けて、希望や愛が感じられるものを贈ろう。

「料理は愛情」という言葉がありますが、それと同じ気持ちで小説を書きたかったのです。苦い野菜もこれならおいしく食べられるかな？　笑顔になってもらえるかな？　そんな風に試行《しこう》錯誤《さくご》しながら一所懸命書きました。色々つらいことの多い時期でしたが、お話が暗くならずにユーモアを散りばめたものになったのは「小説は愛情」の一念があったからかなと思います。

せっかく読む人のことを想って書いたのだから、やっぱり発表しよう。そう思ったのですが、約四年かけて完成した本作はかなりの長編になってしまい、文字数オーバーで公募には出せませんでした。だったら、小説投稿サイトにアップするしかない。厳しく批評されたら立ち直れない！　と、とてもびくびくしながら公開したのですが、酷評どころか全然読まれなくて大変落ちこみました（笑）。山ほどセルフダメ出しをして、七十回くらい推敲《すいこう》したのにー（涙）。

最後の頼みの綱のつもりで応募した投稿サイトのコンテストも、一次落選してしまいました。「売れたい」とか「認められたい」とかはまったく思っていなかったのですが、さすがに悲しくなってしまいました。心をこめて作った料理がお皿の上に置かれたままなのは、やっぱり寂しいものです。

そうして公開日から一年が経った頃、「魔法のiらんど大賞２０２１」の開催を知りました。読者人気に関係なく審査していただけると聞いて「ここだ！　というかここで入賞できなかったら多分もうダメだ！」と背水の陣で応募しました。他のサイトのコンテストでは落ち続けていましたし、体の弱い自分には何作も書いてチャレンジし続ける余裕はなかったのです。

落選したらもうこの作品にチャンスはないだろうと覚悟して、結果発表まで緊張と不安の日々をすごしました。本当に、選んでくださった選考委員の皆様には心より御礼申し上げます。

そして担当様を始め、本書ができ上がるのにご尽力くださったすべての方に深く感謝いたします。改稿中に両腕が痛くて上がらなくなり「あしたのジョーのノーガード戦法みたいになっとる……」と言いながら一週間以上寝こんだ時は色んな意味でもうダメかと思いましたが、たくさんの方のお力によりこうして出版が実現いたしました。本当に本当にありがとうございます！

さて、本書のラストでアレクシスが巻きこまれている陰謀が明らかになりました。下巻ではダニエルの過去が語られ、アレクシスも活躍します。ずじ先生の大変素晴らしいイラストを楽しみながら、ふたりの旅の行き着く先を見届けていただければと思います。

おいしい料理が人を幸せにするように、本書があなたのひと時を楽しいものにできたなら、とても嬉しいです。

そしてまた、下巻も楽しんでいただけますように。

光乃えみり

オレンジを消そうと悩むアレクシス君。
この後ダニエルさんに嬉しそうに解法を見せて、
外れてガッカリするところも含めて好きなシーンです！

ずじ

本書は、２０２１年に魔法のｉらんどで実施された「魔法のｉらんど大賞２０２１」で異世界ファンタジー部門賞を受賞した「魔法使いへの道　―腕利き師匠と半人前の俺―」を加筆修正したものです。

魔《ま》法《ほう》使《つか》いへの道《みち》 上《じょう》

―腕《うで》利《き》き師《し》匠《しょう》と半《はん》人《にん》前《まえ》の俺《おれ》―

2023年1月30日　初版発行

著者	光乃《こうの》えみり
イラスト	ずじ
発行者	山下直久
発　行	株式会社KADOKAWA 〒102-8177 東京都千代田区富士見2-13-3 電話 0570-002-301（ナビダイヤル）
編集企画	ファミ通文庫編集部
デザイン	モンマ蚕（ムシカゴグラフィクス）
写植・製版	株式会社オノ・エーワン
印刷・製本	凸版印刷株式会社

●お問い合わせ
https://www.kadokawa.co.jp/（「お問い合わせ」へお進みください）
※内容によっては、お答えできない場合があります。
※サポートは日本国内のみとさせていただきます。
※Japanese text only

ISBN978-4-04-737237-5　C0093
定価はカバーに表示してあります。